Lo demás es silencio

La vida y la obra de Eduardo Torres

Augusto Monterroso

Lo demás es silencio
La vida y la obra de Eduardo Torres

Edición de Jorge Ruffinelli

SEGUNDA EDICIÓN

CATEDRA

LETRAS HISPANICAS

Ilustración de cubierta: Alfredo Aguilera

© 1982, Augusto Monterroso
© Ediciones Cátedra (Grupo Anaya, S. A.), 2001
Juan Ignacio Luca de Tena, 15. 28027 Madrid
Depósito legal: M. 48.972 - 2001
ISBN: 84-376-0630-6
Printed in Spain
Impreso en Fernández Ciudad, S. L.
Catalina Suárez, 19. 28007 Madrid

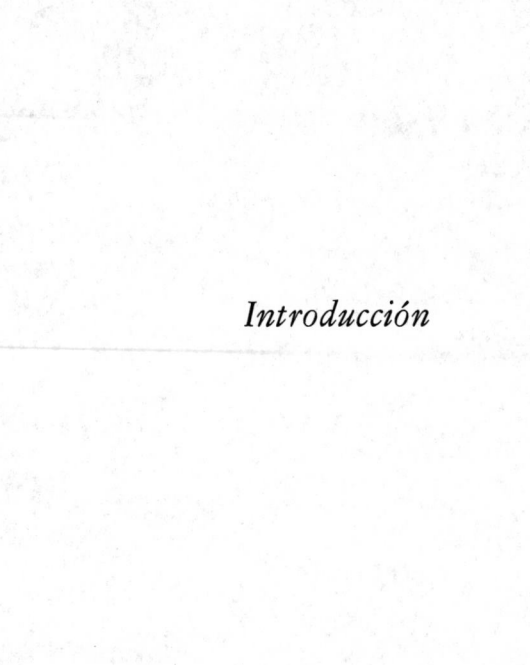

Introducción

Dos Monterroso

A lo largo de los años, Augusto Monterroso ha logrado asentar su presencia en América Latina con rasgos y cualidades de los que muy pocos escritores podrían preciarse. Ante todo, un talento literario que se renueva en cada línea escrita, pero también una honestidad intelectual y política, que imprime en sus opiniones y actitudes una garantía de legitimidad. Monterroso ha sabido convivir con su propia obra sin mezclar en ella circunstancias personales que vayan más allá de lo literario, o que se confundan con lo panfletario, y así puede advertirse cómo sus textos se preservan de la manipulación política a medida que, en lo personal, Monterroso respalda y apoya con vigor y decisión los movimientos progresistas y revolucionarios latinoamericanos.

Es como si existiesen dos Monterroso diferentes, pero perfectamente compatibles. Pienso que la razón de este fenómeno es ante todo la preocupación por mantener independiente la obra literaria, no permitir que se «prestigie» por la fama personal del autor, sana actitud en un continente y en una circunstancia histórica dramáticas, como son América Latina y su presente, tan tentadores para incurrir en el panfleto político por imperativos de época.

Acaso por ese anhelo de mantener separada la obra de la militancia personal, preocupado de que la primera valga por sí misma, es por lo que que Monterroso no ha dejado traslucir datos personales en las entrevistas o en las ediciones de sus libros. De ahí que en esta parte de la introducción a *Lo demás es silencio*, los datos biográficos y acerca del medio intelectual en que se inició su obra, que doy a conocer, sean absolutamente nuevos hasta hoy.

¿Quién es, quién era Monterroso?

Augusto Monterroso Bonilla nació en Tegucigalpa, Honduras, el 21 de diciembre de 1921. Por línea paterna, descendía de un general guatemalteco, Antonio Monterroso, y de Rosalía Lobos. Hombre ilustrado, ese abuelo fue protector de escritores y poetas, entre ellos del colombiano Porfirio Barba Jacob. Por la línea materna, sus ascendientes eran el licenciado hondureño César Bonilla y Trinidad Valdés. El Licenciado Bonilla fue primo de dos presidentes de Honduras: Policarpo y Manuel Bonilla.

El padre de Augusto Monterroso, Vicente Monterroso, era guatemalteco, y la madre, Amelia Bonilla, hondureña. El padre fundó diversos periódicos y revistas, invirtiendo (y perdiendo) dinero propio y de su esposa, a la vez que por motivos de trabajo vivía, llevando siempre consigo a su familia, entre Tegucigalpa y Guatemala. Entre uno y otro cambio fue transcurriendo la infancia de Augusto Monterroso, y debido en parte a estos traslados —aunque él también lo atribuye a la pereza y al miedo que le causaba la escuela—, no llegó a completar los estudios de primaria.

Por fin, la familia se estableció en la ciudad de Guatemala en 1936. Al año siguiente, Monterroso empezó a trabajar como administrativo en una carnicería. No tenía más que un día de descanso al año y se sentía explotado. Allí, uno de los jefes, al darse cuenta de su talento, le estimuló a leer autores clásicos. En una entrevista que me concedió en 1976, Monterroso recuerda con gracia sus años de infancia:

> De niño fui malo para correr, para cualquier ejercicio, para nadar. Siempre recuerdo a alguien, sobre todo a mi hermano [César], sacándome del río una y otra vez, medio ahogado. De pronto, al llegar a la adolescencia me encontré con que carecía ya no sólo de educación sino de cosas tan elementales como zapatos presentables ante las mu-

chachas de que te enamoras y, como consecuencia, de otras cosas necesarias, como soltura y audacia para agarrarles la mano. Entonces te refugias en los libros o en billares de mala muerte. Por otra parte, yo suponía que cualquiera que hubiera hecho una carrera forzosamente lo sabía todo. Con el tiempo me he ido dando cuenta de que eso no siempre es así pero en ese momento yo sentía la necesidad de saber algo y de empezar por los nombres más universalmente conocidos[1].

Esa necesidad de aprender, que le ha acompañado toda su vida, y no le abandona aún, cuando Monterroso es ya un hombre maduro, debió alternarla con los prosaicos trabajos con que un joven ayuda a ganar el sustento familiar:

Trabajé en una carnicería desde los dieciséis hasta los veintidós, o algo así, absolutamente todos los días del año, excepto el Jueves Santo, porque el Viernes Santo no se vendía carne. Durante más de dos años mi trabajo comenzó a las cuatro de la mañana, excepto ese jueves increíble. Caminaba hasta el rastro unas cuarenta cuadras, lo que ahora veo como un gran bien: tal vez durante esas madrugadas comencé a reflexionar en lo que leía. Durante el resto del día se presentaba la oportunidad de robar bastante tiempo para leer. Todavía despierto con la pesadilla de que los patrones me sorprendan leyendo. Estudiaba gramática y latín (llegué hasta *rosa rosae*) y trataba furtivamente de traducir cosas de Horacio, de Fedro. Por cierto que encontré un jefe sumamente amable, de nombre Alfonso Sáenz, que me regaló libros, entre otros las obras de Shakespeare, en las ediciones de Blasco Ibáñez. También me dio a leer a Lord Chesterfield, con quien creo que comencé a tener una idea de lo que era la buena literatura. Este señor me hablaba también de Juvenal y me hizo leer las novelas de Victor Hugo y creo que hasta las cartas de Madame de Sevigné. Nunca lo he vuelto a ver ni a saber de él[2].

Por otra parte, fruto de la timidez y de la inseguridad por la falta de estudios formales, Monterroso encontró un refugio en la Biblioteca Nacional de Guatemala, a la que

---

[1] Jorge Ruffinelli, «La audacia cautelosa», en *Viaje al centro de la fábula*, México, Martín Casillas editores, 1981, pág. 11.

[2] *Íd., ibíd.*, págs. 12-13.

acudió por las noches durante varios años. Allí sus autores predilectos fueron el Arcipreste de Hita, don Juan Manuel, Calderón de la Barca, Baltasar Gracián y, principalmente, Cervantes. En cambio, en su casa leía a Shakespeare, Hugo, Lord Chesterfield, Montaigne, Johnson y Addison. La Biblioteca Pública estaba reservada para los autores españoles.

El contexto histórico y nacional era entonces ominoso: la dictadura de Jorge Ubico en Guatemala provocaba una atmósfera de tensión y represión, de la que nadie podía sustraerse.

Hacia 1940, Monterroso inició las primeras amistades literarias. Con algunos amigos constituyó lo que en Guatemala se conoce como la Generación del 40. Fundaron la Asociación de Artistas y Escritores Jóvenes de Guatemala, y la revista literaria *Acento*. En 1941 Monterroso publicó sus primeros cuentos en el diario guatemalteco *El Imparcial* y en la mencionada revista *Acento*.

A partir de la fundación de la Asociación, Monterroso y sus compañeros comenzaron a organizarse para la lucha contra la dictadura de Ubico, un trabajo clandestino y peligroso, en un medio en el cual nadie sabía con seguridad quién podía ser un delator. Su primer cuento fue prohibido por la radiodifusora nacional. La Asociación desarrollaba además de la actividad veladamente política bajo formas culturales, otra, más callada, de organización y lucha.

Finalmente, en 1944, los acontecimientos estallaron en contra de la dictadura. Monterroso participó activamente en las manifestaciones callejeras y firmó un documento histórico, el «Manifiesto de los 311», en el que se exigía la renuncia de Ubico. Cuando éste finalmente cayó, Monterroso y sus amigos fundaron un periódico político, *El Espectador*, a causa del cual el escritor y un compañero fueron detenidos por la policía del sucesor de Ubico, General Federico Ponce Váidez. Sin embargo, ambos lograron escapar y pedir asilo en la Embajada de México. Concedido el asilo por el embajador, y una vez establecida su calidad de perseguidos políticos, llegaron custodiados hasta la frontera de México. Era septiembre de 1944.

En México, Monterroso trabajó en lo que pudo para subsistir. No obstante, desde los primeros días se las arregló para asistir todas las tardes a la Facultad de Filosofía y Letras de la Universidad Nacional de México, donde trabó amistad con escritores mexicanos y de otros países de América Latina.

En 1944 estalló en Guatemala el movimiento que sería conocido como la Revolución de Octubre, encabezado por Jacobo Arbenz Guzmán. Por circunstancias familiares, Monterroso decidió permanecer en México, y poco después la Junta Revolucionaria de Guatemala lo nombró para un cargo menor en el consulado guatemalteco en México. La que iba a ser breve estancia se convirtió en una permanencia de años.

En estas circunstancias, Monterroso comenzó a publicar cuentos y reseñas bibliográficas en revistas y periódicos mexicanos y guatemaltecos, como consecuencia de lo cual su nombre literario empezó a formarse sin que por esa época pensara en publicar libros.

Nueve años después de la Revolución de Arbenz, en 1953, el mismo gobierno le envió a La Paz, Bolivia, con el cargo de Primer Secretario de la Embajada de Guatemala y Cónsul de su país. Vivió allí un año de intensa actividad en defensa del régimen democrático existente en Guatemala, hasta que éste fue finalmente depuesto por la intervención de los Estados Unidos, en 1954. Monterroso renunció a su cargo y partió al exilio, en Santiago de Chile.

En Chile permaneció dos años. El diario *El Siglo* publicó por primera vez su cuento «Mr. Taylor», y de esta forma lo descubrió Pablo Neruda, quien le invitó a visitarle en Isla Negra y a colaborar con él en la revista que hacía en ese momento, *La Gaceta de Chile*. La amistad con Neruda se extendió a otros escritores chilenos de renombre, como José Santos González Vera y Manuel Rojas[3].

En 1956 Monterroso regresó a México, y allí se incor-

---

[3] Sobre el periodo de exilio en Chile, véase lo escrito por el propio Monterroso en «Llorar orillas del río Mapocho», en *La palabra mágica*, México, Era, 1983, págs. 15 y ss.

poró a la Universidad como redactor de la *Revista de la Universidad* y empleado de la Dirección de Publicaciones. Se vinculó también al Fondo de Cultura Económica como corrector de pruebas y ocasional traductor. Entre las innumerables tareas desempeñadas durante estas últimas tres décadas de vida en México, hay que contar que fue Becario de El Colegio de México para estudios de Filología, entre 1957 y 1960; profesor durante varios años del curso «Cervantes y el *Quijote*» en los Cursos Temporales de la UNAM; Investigador del Instituto de Investigaciones Filológicas y profesor de literatura de la Facultad de Filosofía y Letras de la misma Universidad; co-director de la colección Nuestros Clásicos de la UNAM; coordinador del Taller de Narrativa del Instituto Nacional de Bellas Artes; profesor de Lengua y Literatura en El Colegio de México; coordinador de Publicaciones del Consejo Nacional de Ciencia y Tecnología de México.

Ha viajado en numerosas ocasiones por países de Europa y América Latina, y su obra ha recibido diversos premios y condecoraciones: Nacional de Cuento «Saker ti» en Guatemala, 1952; Magda Donato, en México, 1970; Xavier Villaurrutia, en México, 1975; Juchimán de Plata de la Universidad Juárez de Tabasco, México, 1985.

Monterroso casó en 1953 con Dolores Yáñez, mexicana, de quien tuvo una hija, Marcela; su segundo matrimonio fue con Milena Esguerra, colombiana, en 1962, y de él nació su segunda hija, María; en 1976 contrajo matrimonio con la escritora mexicana Bárbara Jacobs.

Diálogos con el lector

De un escritor, cuyos rasgos estilísticos fundamentales son la brevedad y la concisión, era esperable que su obra misma fuese de escasos títulos y de pocas páginas. El arte de la expresión justa, sin palabras que sobren, y no el gesto proliferante que muchas veces se ha confundido con la «literatura», generando lo que Ángel Rama llamaba «la selva retórica latinoamericana». Más aún: puede pensarse

14

como una paradoja el aparente contraste que ofrece su escritura con la tradición de su origen nacional o centroamericano. En rigor, Monterroso ha sido el dique de contención del torrente verbal que se gustaba asociar con la literatura (ante todo, la poesía) centroamericana, y por ello cumple una función importantísima en el contexto de esa producción. Originario de Guatemala, decía Rama,

> país de los quetzales, los vibrantes huipiles, la suntuosa poesía maya, la verba inflamada de Miguel Ángel Asturias, varias dictaduras seriadas y otras muestras del esplendor lujurioso de los trópicos, ha puesto punto final al mito del tropicalismo literario. O en todo caso ha demostrado que no es un subproducto de las temperaturas caliginosas y las selvas en libertad, sino una enfermedad estrictamente privativa de las letras que puede hacer estragos en zonas frías o áridas del continente, entre señores de abotonados trajes negros y altos cuellos almidonados[4].

Concisa, lacónica son adjetivos abundantemente usados para describir su escritura, pero pienso que nos aferramos a ellos ante todo por el contraste implícito que plantean con la literatura (y el mito) tropical. Pues aparte de esos rasgos, así como del *humor* que la caracterizan, hay en su escritura el *placer* del *mot juste*, de la expresión acertada, de esa medida específica de la expresión escrita que constituye en realidad la razón de ser literaria. Ni insuficiente ni excesiva, la literatura se localiza en el corazón de ese exacto medio que jamás hay que confundir con el eclecticismo, ya que no lo frena el temor a las opciones sino que ha hecho la opción misma de la concisión como el ejercicio más alto del arte literario.

Este rasgo nos habla de una inclinación y hasta de una ética literaria: la preferencia por la precisión expresiva se advierte también en sus gustos literarios (Cervantes, Machado, Borges, Swift) y en el cultivo del aforismo. Al mis-

---

[4] Ángel Rama, «Augusto Monterroso: fabulista para nuestro tiempo», en *Monterroso* (ed. J. Ruffinelli), México, Universidad Veracruzana, 1976, pág. 24.

mo tiempo nos habla de una responsabilidad del escritor frente al lenguaje, dentro de una teoría de la literatura según la cual el despojamiento y la depuración verbal son sus pasos necesarios, mientras la verbosidad es una prueba de torpeza o al menos de una búsqueda expresiva que no encuentra su meta por ausencia de objetivos o por errar el sendero. Consciente de estas ideas, más de una vez las expuso el propio autor. Decía en 1980,

> La cualidad principal de la prosa es la precisión: decir lo que se quiere decir, sin adornos ni frases notorias. En cuanto la prosa «se ve», es mala. En tanto que cada verso debe verse y brillar independientemente de los que lo preceden o siguen, en prosa la función de cada frase es tan sólo la de llevar a la siguiente. Si un verso es bueno, nunca sobra; pero en prosa hay que renunciar a muchas frases buenas en honor de decir sólo lo necesario[5].

En este contexto es perfectamente comprensible que su obra hasta el presente cuente sólo con cuatro libros de ficción: *Obras completas (y otros cuentos)* (1959), *La Oveja negra y demás fábulas* (1969), *Movimiento perpetuo* (1972) y *Lo demás es silencio* (1978), un libro predominantemente de ensayos (*La palabra mágica*, 1983) y otro de entrevistas de varios años (*Viaje al centro de la fábula*, 1981)[6]. Este conjunto es, pese a su brevedad, uno de los más brillantes y disfrutables de la literatura hispanoamericana, por el dinamismo con que sabe desplazarse de un género a otro, dentro y fuera de las obras, problematizando la noción de literatura —desmitificándola, podríamos añadir—, y estableciendo con sus lectores una relación ágil y creativa, distante de la consabida pasividad receptora. Y éste es el rasgo que, probablemente más que cualquier otro, individualiza su literatura: *el diálogo con el lector*.

Aunque no se trate de una categoría 'recibida' ni usual en los estudios literarios, me es útil como aproximación señalar que del mismo modo que se habla de una 'literatura

---

[5] *Viaje al centro de la fábula,* págs. 100-101.
[6] Cfr. Bibliografía al final de esta Introducción.

para escritores', podríamos distinguir otra 'para lectores', sin caer en la redundancia de considerar que la literatura por antonomasia tiene la intención dialógica que me propongo distinguir. La primera sería particularmente apreciada por la posibilidad que se ofrece en ella de observar, como sobre una mesa de disección, el andamiaje literario, la estructuración de los procedimientos, el funcionamiento de las estrategias del discurso, a través de todo lo cual un escritor-lector suele analizar los recursos de otro escritor. La segunda (a la que pertenece Monterroso por vocación) se destacaría por la habilidad de provocar una lectura que fuese ante todo una experiencia intelectual y emocionalmente estimulante, partícipe del desarrollo personal del lector. Refiriéndose a *El amor en los tiempos del cólera* (1985), libro para el cual su autor confesó haberse preparado leyendo la novelística del siglo XIX, decía Gabriel García Márquez:

> Los novelistas no leemos las otras novelas sino para ver cómo están escritas. Las volteamos del revés, les sacamos las tuercas y tornillos, ponemos las piezas sobre la mesa y una vez que descubrimos cómo fue escrita, ya le sacamos el mejor provecho que esperábamos: saber cómo lo hicieron los otros[7].

El que acabo de citar es testimonio de una lectura profesional y pragmática, provocada en particular por obras cuya estructura y originalidad incitan a su desmontaje como si se tratase de un *meccano* o un «modelo para armar» y desarmar. Esa lectura difiere obviamente de otra que provisoriamente denominaríamos lúdica o gratificante y en la cual los lectores, de todos modos, podrían proyectar sus necesidades e idiosincrasia para extraer de ella o bien enseñanzas filosóficas y morales, o bien el puro placer del encuentro verbal y la antigua inclinación humana de «escu-

---

[7] Gabriel García Márquez en entrevista de Carlos Gabetta: «Tener al lector agarrado por el cuello, no dejarlo pestañear», *El Periodista*, número 67, Buenos Aires, 20-26 de diciembre de 1985, págs. 27-28.

char historias». O como decía E.M. Forster, de querer saber siempre «qué pasó después»[8].

Frente a una «literatura para lectores» como es la de Monterroso, los novelistas son capaces también de asumir su «papel de lectores» y otorgar un testimonio tan singular e interesante como el que paso a referir. En torno a *La Oveja negra y demás fábulas*, Isaac Asimov señala:

> Los pequeños textos de *La Oveja negra y demás fábulas* (...), en apariencia inofensivos, muerden si uno se acerca a ellos sin la debida cautela y dejan cicatrices, y precisamente por eso son provechosos. Después de leer «El mono que quería ser escritor satírico», jamás volveré a ser el mismo.

Por su parte, Gabriel García Márquez advierte: «Este libro hay que leerlo manos arriba. Su peligrosidad se funda en la sabiduría solapada y la belleza mortífera de la falta de seriedad». Y Carlos Fuentes: «Imagine el fantástico bestiario de Borges tomando el té con Alicia. Imagine a Jonathan Swift y James Thurber intercambiando notas. Imagine a una rana del Condado de Calaveras que hubiera leído realmente a Mark Twain. Conozca a Monterroso»[9].

Hay un elemento singular en estas tres respuestas de lectura que las une y las identifica más allá de la natural disparidad entre los autores: me refiero al carácter conciso, imaginativo y lúdico con que exaltan la experiencia lectora,

---

[8] Una gran lección para los teóricos de la novela son las conferencias que el novelista británico E. M. Forster dio en 1927 en Cambridge. En la segunda de las mismas señala, con un sentido del humor que Monterroso no desdeñaría: «El hombre de Neanderthal oyó relatos, si podemos juzgarlo por la forma de su cráneo. La audiencia primitiva era un público constituido por cabezas emocionadas, que miraban en torno del fuego del campamento, cansadas de luchar con los mamuts o con los rinocerontes lanudos, a las que sólo el suspenso mantenía despiertas. ¿Qué ocurría después? El novelista seguía emitiendo un ruido monótono, y tan pronto como la audiencia adivinaba lo que venía después se echaba a dormir, o daba muerte al narrador.» *Aspectos de la novela,* México, Universidad Veracruzana, 1961, pág. 42.

[9] Estos tres textos aparecieron en *The Black Sheep and Other Fables,* trad. de Walter I. Bradbury, Nueva York, Doubleday, 1971. En castellano aparecen en la edición Seix Barral (1981) del mismo libro.

la recortan del trasfondo estético y se refieren al texto de Monterroso, conscientemente o no, mimetizándolo, es decir, empleando sus mismas virtudes estilísticas de concisión, humor lúdico e imaginación que el texto originario posee. García Márquez y Asimov coinciden en señalar la metafórica «peligrosidad» del libro que asalta agresivamente con *belleza* y *sabiduría*, y que, pese a su apariencia inofensiva, es capaz de *morder*. A su vez, Carlos Fuentes recrea lo que llamaríamos «la familia imaginaria» del texto y sin decirlo expresamente, da pie a reconocer su riqueza intertextual, su capacidad de relación con una rica literatura anterior, y tal vez de acomodarse en una tradición. El tono que emplea Fuentes es, como sucede generalmente en Monterroso, el de la parodia, y convierte su testimonio de lectura en un *advertisement* realizado como por un comensal de la cultura, o por un guía turístico de los territorios de la imaginación literaria. Creo que estos tres son buenos ejemplos iniciales de una cumplida estrategia en los textos de Monterroso que podría resumirse en estos términos: *provocar la manera de cómo el texto quiere que se hable de él.*

A este respecto hay un texto importante y significativo en *Lo demás es silencio*, que juega con la paradoja del diálogo con el lector: «Trata de decir las cosas de manera que el lector sienta que en el fondo es tanto o más inteligente que tú. De vez en cuando procura que efectivamente lo sea; pero para lograr eso tendrás que ser más inteligente que él»[10].

Si me he detenido en distinguir una lectura *pragmática* de otra *lúdica* o *gratificante*, y si destaco entre varios y posibles testimonios de lectura (toda crítica lo es) tres ilustres e ilustrativos, es porque resulta importante subrayar especialmente el hecho de que la escritura de Monterroso surge en pleno diálogo —que implica interdependencia— con el lector. Y añadir, por ende, que sin prestar atención a esa relación dialógica a realizarse en la lectura histórica, pero ya presupuesta en el momento de la escritura (es de-

---

[10] Mandato décimo del «Decálogo del escritor», cfr. esta misma edición.

cir, en su *estrategia textual),* perderíamos de vista la intención de su literatura, a riesgo de desnaturalizarla, de convertirla en otro texto del que es. Reconocido este diálogo productivo, sería tal vez interesante en este punto tratar de establecer el «retrato hablado» del lector de Monterroso en sus dos posibilidades: el lector histórico o real, desde el punto de vista de la recepción de la obra, y, desde el punto de vista de su propia producción, ése en el que los teóricos contemporáneos coinciden en señalarle existencia aunque no en denominarlo: el «lector implícito» de Wolfgang Iser, el «lector modelo o ideal» de Umberto Eco, o el «lector informado» de Stanley Fish[11]. Más que lectores reales, estas son categorías que hacen posible la literatura como una relación, que fundan códigos y conductas textuales, que orientan la literatura hacia una comprensión y por lo tanto hacia un sujeto que la hará real.

Varias veces, en sus propios libros o en entrevistas, Monterroso se ha referido al *lector.* Lo ha hecho, por ejemplo, al indicar: «Para mí *cualquier* lector es el lector ideal», subrayando con eso que no existe en él una orientación particular hacia un grupo o una categoría de lectores: «Yo no soy un escritor para escritores ni para señoras, ni para nadie específico; aunque es evidente que un escritor se da cuenta de qué trabajo implica escribir para *todos* los lectores»[12]. Es cierto que los textos de Monterroso están escritos en un nivel asequible a todos los lectores, pero también lo es su exigencia de un cierto nivel de competencia y de inteligencia natural que comparte con cualquier otro *juego:* un código, un *corpus* de referencias, un ánimo particular de relación, sin todo lo cual la literatura pierde su espesor y se convierte en un mero informe. Cuando Monterroso dice que «*cualquier* lector es el lector ideal», está señalando el deseo de que sus textos establezcan el diálogo con *todos* los lectores, lo cual en términos del lector real sabemos que

---

[11] Categorías que los teóricos mencionados desarrollan en diferentes obras bien conocidas como *Opera aperta* (1961) de Umberto Eco, *Der Implizite Lesser* (1972) y *Der Akt des Lesens* (1976) de Wolfgang Iser, *Is there a Text in this Class?* (1980) de Stanley Fish.

[12] *Viaje al centro de la fábula,* pág. 15.

es una utopía, ya que esto último sólo sería capaz de lograrlo una escritura «en grado cero» y no precisamente la de Monterroso, que incita permanentemente a la participación inteligente del lector.

Esa participación, por ejemplo, está convocada muchas veces por la técnica de la «alusión». Monterroso ha intentado la comprensión democrática de sus textos como si sólo se tratara de un aspecto técnico de la expresión que no exigiera un alto nivel de competencia cultural:

> La alusión literaria es tan vieja como cualquier otro buen recurso. Si cuentas con buenos lectores no tienes que andar diciendo a cada paso 'como dijo Fulano' o 'como dijo Erasmo', pues ya en la secundaria la gente lo aprendió, aparte de que para los buenos lectores siempre es un goce saber quién dijo tal cosa sin que se lo señalen[13].

Monterroso introduce aquí una categoría necesaria de lector: el *buen* lector..

En este *buen* lector se cifraría el lector ideal o implícito de Monterroso, no obstante lo cual sus exigencias para constituirse en tal varían en los diversos libros porque varían también las estrategias textuales a lo largo del tiempo que va de 1952 (primeros cuentos en libro) y 1978 (primera edición de *Lo demás es silencio*). Un rápido recorrido por ese mapa de estrategias de escritura/lectura correspondientes a inflexiones históricas y a variantes de género en su producción entre los años referidos, y dentro del contexto político hispanoamericano, nos permiten comprender mejor lo que pretende y logra, busca y encuentra, en *Lo demás es silencio*, entre otras cosas porque este libro, si bien no existió como tal hasta 1978, ya estaba formándose tempranamente desde que uno de sus textos apareció publicado en la *Revista de la Universidad de México* en 1959.

El contexto hispanoamericano es importante en la medida en que fundamenta algunos de sus cuentos de *Obras completas (y otros cuentos)* y dada la conciencia que tiene

---

[13] *Ibíd.*, pág. 111.

Monterroso sobre la pertenencia de la literatura a la época en que se escribe. Lo dijo de un modo agudo y humorístico en 1977:

> Siempre hay que recordar que Poe escribía para gente que leía con velas (lo que ya de por sí propicia el horror. Le propongo una cosa: quédese una noche solo en su casa, apague todas las luces y lea 'Ligeia' con vela) y tenían harto tiempo para leer un cuento «en una sola sesión». Los cuentos se escriben para los lectores de cada época [14].

Aceptando que la noción de *época* es equívoca y resbaladiza en términos de periodización histórica, es de todas maneras oportuno revisar cómo se estructura la función/lector en textos publicados en diferentes libros y dentro de circunstancias contextuales diversas. La crítica ha señalado con razón que en algunos cuentos de *Obras completas* Monterroso es todavía deudor de formas acaso más tradicionales que luego afinará, sofisticándolas, enriqueciéndolas, en textos posteriores, pero ya entonces, y en prácticamente toda página que haya escrito, se encontrarán algunos rasgos característicos que varían sólo en grados de intensidad y, obviamente, de utilización: el tono humorístico, el uso de la paradoja (empleado en el eficaz título *Obras completas (y otros cuentos),* la recurrencia a la parodia y a la sátira, la alusividad literaria y política, la autorreferencialidad de la escritura. Algunos de estos procedimientos son «señas de técnicas narrativas atípicas en la producción literaria de su periodo generacional» [15], y en dicho sentido implican un elemento de enorme originalidad literaria (ya referida en relación a la concisión estilística frente al «tropicalismo»).

Algunos cuentos como «Primera dama», «Mr. Taylor», «El concierto» y «El eclipse» poseen un trasfondo político innegable aunque no expreso. «Primera dama» y «El concierto» son retratos ácidos de una clase social y política do-

---

[14] *Ibíd.,* pág. 87.
[15] Wilfrido H. Corral, *Lector, sociedad y género en Monterroso,* México, Universidad Veracruzana, 1985.

minante en el orden latinoamericano, y resultan buenos ejemplos de la intencionaldiad burlona, con ribetes satíricos, con que Monterroso observa las costumbres y «dramas» de ciertos sectores con los que él mismo no se identifica, pero sabe gravitantes en la vida del continente. Mientras «Primera dama» encuentra la víctima propiciatoria de la sátira en esa figura institucionalizada que es por antonomasia la *primera dama* o esposa del presidente, para «El concierto» Monterroso se inspiró tanto en personas reales como en una situación típica:

> Había una vez una hija del presidente (estadounidense) Truman que era cantante. Durante la presidencia de su papá dio conciertos y la prensa, excepto en dos o tres ocasiones, los comentó con benevolencia e incluso con elogios. El hecho es que ella daba conciertos aprovechando el poder de su padre. Yo vi que en eso había un tema, pero para no hacer tan evidente el lado político la convertí en pianista y al padre en un gran financiero que le podía pagar sus apariciones en público y atraerle un público y lograr buenas notas en los periódicos. Sin embargo, en el cuento esta pobre mujer se fue convirtiendo, de protegida de su papá, en algo que no era lo que yo quería. El tema se transformó en el de la duda del artista respecto del elogio y el éxito[16].

«Mr. Taylor» está mucho más claramente orientado hacia sus contextos políticos, y el propio Monterroso también se refirió al impulso que fue su génesis:

> Fue escrito en Bolivia, en 1954, y está dirigido particularmente contra el imperialismo norteamericano y la United Fruit Company, cuando éstos derrocaron al gobierno revolucionario de Jacobo Arbenz, con el cual yo trabajaba como diplomático. 'Mr. Taylor' es mi respuesta a ese hecho y por cierto me creó una cantidad de problemas de orden estético. Yo necesitaba escribir algo contra esos señores, pero algo que no fuera reacción personal mía, ni porque estuviera enojado con ellos porque habían tirado a mi gobier-

---

[16] *Viaje al centro de la fábula*, pág. 23.

no, lo cual me hubiera parecido una vulgaridad. Claro que estaba enojado, pero el enojo no tenía por qué verse en un cuento. Precisamente en los días de los bombardeos a Guatemala, cuando lo escribí, tuve que plantearme un equilibrio bastante difícil entre la indignación y lo que yo entiendo por literatura[17].

Alejado de cualquier tipo de expresión panfletaria, Monterroso convirtió el tema directamente político en un ingenioso cuento fabulístico que puede leerse (decodificarse políticamente) como un ejemplo de los modos de relación colonialistas en América Latina. Al inicio del cuento aparece en la zona amazónica de América del Sur, un norteamericano de nombre Percy Taylor, descrito como «el gringo pobre» por su «aspecto famélico» y ojeroso. El cuento narra cómo por azar Mr. Taylor compra una cabeza humana reducida que un indígena le ofrece, y ante todo cómo al enviársela de obsequio a un tío suyo, Mr. Rolston, de Nueva York, desencadena un vertiginoso proceso de exportación de cabecitas reducidas que en poco tiempo altera la economía del país, modifica sus leyes penales, cambia las costumbres sociales, así como las relaciones de intercambio con la metrópoli. El país prospera increíblemente. Se construye «una veredita alrededor del Palacio Legislativo», veredita por donde los domingos comienzan a pasearse los congresistas muy ufanos de «las bicicletas que les había obsequiado la compañía». Y el relato acaba cuando, en medio de una grave crisis económica por la escasez de cabezas reducidas para exportación —es decir, el agotamiento típico de las materias primas—, Mr. Rolston se arroja por la ventana después de recibir por correo y dentro de un paquete, la cabeza del propio Mr. Taylor, quien le sonríe «con una sonrisa falsa de niño que parecía decir: 'Perdón, perdón, no lo vuelvo a hacer...'»[18].

---

[17] *Ibíd.,* pág. 21.
[18] Son interesantes las dos historias reales que refiere José Durand como corroboraciones posteriores de la fantasía de Monterroso en «Míster Taylor» y «El centenario». Cfr. Durand: «La realidad plagia dos cuentos fantásticos de Augusto Monterroso», en *Monterroso,* ed. cit., páginas 20-22.

Es clara la intención satírica del cuento por medio de la cual se hace la caricatura de la relación entre dominador y dominado en una situación colonial, conjugando con humor (negro) las posibilidades sémicas del lenguaje. Entre sus alusiones, que permiten hablar de un «simbolismo transparente»[19], están las menciones del «Instituto Danfeller» (léase Rockefeller) y sus millonarias donaciones encaminadas a «impulsar el desenvolvimiento de aquella manifestación cultural, tan excitante (la de reducir cabezas) de los pueblos hispanoamericanos». Hay alusión a varios tratados reales que benefician a los Estados Unidos (Panamá, Guantánamo, por ejemplo), al mencionar las concesiones «por noventa y nueve años». Y también una alusión humorística a la *cocacola* en el «refresco bien frío (y de fórmula mágica)» que los sedientos aborígenes beben en la «pausa» de su arduo trabajo. Es notoria, también la inspiración que toma de Swift, y ante todo de su *Modest Proposal*, pues comparte con el obispo irlandés la pose de proponer con lógica y sensatez aparentes el mayor de los absurdos para un supuesto beneficio nacional. Hay un singular aire de familia entre el texto de Swift y «Mr. Taylor»[20].

En un aspecto más intelectual, «Mr. Taylor» se refiere satíricamente a un tópico recurrido y recurrente en el pensamiento sociológico latinoamericano dentro del contexto de las denuncias por los procedimientos neocoloniales. Me refiero al *brain drain* que pareció por un tiempo equipararse con la situación básica de la exportación de materias primas que caracteriza a una economía dependiente. Pero en la alusión a esa 'captación de inteligencias' la burla del cuento consiste en una aparente autodenigración: no se trataría de grandes inteligencias (en el habla popular, 'cabeza' es sinónimo de inteligencia), sino de *cabezas reducidas*, esto es, las apropiadas para prestarse a tan infame intercambio

---

[19] Corral, *op. cit.*

[20] Monterroso prueba su admiración por la *Modesta proposición* de Swift traduciéndola al castellano y publicándola en diferentes ocasiones, en la *Revista de Bellas Artes* (México, 1966), como sobretiro de la revista Ciencia y Desarrollo (México, Conacyt, 1977), y en *Sábado*, suplemento de *UnomásUno*, el 27 de abril de 1985.

comercial. Más aún, posteriormente Monterroso insistió en esta broma privada dirigida a los intelectuales, en un artículo de *Movimiento perpetuo* titulado «La exportación de cerebros». Allí dice:

> Es lógico que estemos cansados ya de que países más desarrollados que nosotros acarreen con nuestro cobre o nuestro plátano en condiciones de intercambio cada vez más deterioradas; pero cualquiera puede notar que el temor de que además se lleven nuestros cerebros resulta vagamente paranoico, pues la verdad es que no contamos con muchos muy buenos. Lo que sucede es que nos complace hacernos ilusiones; pero, como dice el refrán, el que vive de ilusiones muere de hambre[21].

Es posible leer este ensayo como la reformulación del tema de «Mr. Taylor» dentro de un sistema diferente, lo que mostraría en Monterroso un fenómeno de recurrencia temática al mismo tiempo que de variabilidad...

Me interesa hacer este cotejo para destacar aquí la diferencia de la estrategia expresiva definida en una peculiar apelación al lector, diferencia que en parte podría obedecer al cambio de género entre narración y ensayo. Obsérvese que este último emplea sin embozamiento alguno la primera persona del plural, un 'nosotros' envolvente y comprometedor que incluye sin más al lector en la problemática tratada. Desde ese «nosotros» se habla representativamente de una situación «latinoamericana». En cambio «Mr. Taylor» se narra en una distanciada tercera persona, estableciendo su retórica separación entre texto y lector. Y sin embargo el cuento necesita de la complicidad, al menos de la presencia de un *buen* lector que descifre las alusiones y sepa de qué se está hablando entre líneas (o en el trasfondo) de la fábula.

Las posibilidades de una *buena* lectura están garantizadas y al mismo tiempo condicionadas por la existencia de diferentes aunque complementarios órdenes comunitarios:

---

[21] Augusto Monterroso, *Movimiento perpetuo,* Barcelona, Seix Barral, 1981, pág. 39.

a) una comunidad lingüística, condición necesaria para reconocer la polisemia del lenguaje, que éste pueda expresar «otras» cosas que las dichas; *b*) comunidad cultural, por medio de la cual transparentar el significado de todos los referentes inmediatos; *c*) una comunidad histórica, imprescindible para reconstruir automáticamente los mensajes contextuales del relato sin que éstos se pierdan con el correr del tiempo; y *d*) una comunidad de interés político, a los efectos de que el lector se identifique con la perspectiva del texto y no sólo reconozca la situación a que éste alude. En tal sentido, y dado que estos órdenes permiten la codificación de la escritura y la decodificación de la lectura, podríamos decir que en el lector contemporáneo a la escritura del texto se cifra lo que Hans Robert Jauss denomina conciliación del horizonte del texto con el horizonte del intérprete[22]. Esta contemporaneidad (y familiaridad) de producción textual y lectura permite superar el costoso esfuerzo consistente en reconocer la alteridad del horizonte del texto, lo cual es típico de las lecturas distanciadas en el tiempo. Y es a la vez el riesgo mayor de una literatura como la de Monterroso, tan plena de alusiones, frente a la 'posteridad'. Más que nunca, en ese preciso sentido de la comunidad cultural y política que parece necesitar «Mr. Taylor» para lograr sus mayores efectos, se entiende la afirmación de que se escribe y se debe escribir para los «lectores de cada época».

De todos modos, incluso en cuentos como «Mr. Taylor» o «Primera dama», los textos de Monterroso corren con una ventaja de perdurabilidad que afianzan su *vigencia*, y esa ventaja es la lentitud del cambio sociopolítico en América Latina, así como el conservadurismo de sus estructuras políticas, la escasa variación de situaciones dadas en el siglo XX entre los «pueblos hispanoamericanos» y los «pueblos más desarrollados» (clara alusión a Estados Unidos en el caso del neocolonialismo). Esta lenta «duración» de la

---

[22] Han Robert Jauss, «Le texte poétique et le changement d'horizon de la lecture», en *Problèmes actuels de la lecture,* Lucien Dällenbach y Jean Ricardou (eds.), París, Editions Clancier-Guénaud, 1982, pág. 98.

historia, diría Braudel, facilita la reproducción de una respuesta de lectura que hoy sería en gran medida similar a la de 1954, pese a que entonces el «horizonte de expectativa» de texto y lector eran diferentes al horizonte de expectativa de una lectura actual.

«Mr. Taylor» es uno de los textos más admirables de la literatura hispanoamericana por haber conjugado en él lo que el propio autor señalaba como «el equilibrio bastante difícil entre la indignación» y la literatura. Probablemente por ello Monterroso ha evitado por lo general en su literatura la referencia directa y expresa al tema político, aunque en lo personal él sea indudablemente un hombre de izquierda, de indeclinable simpatía y apoyo por los movimientos y regímenes liberados de la tutela colonialista. Inquirido por el tema de la «responsabilidad social del escritor», que ha teñido la literatura latinoamericana a lo largo de dos siglos y que parece uno de sus rasgos mayores, al mismo tiempo que es y seguirá siendo objeto de polémica, la actitud del autor resulta clara y precisa:

> La responsabilidad social es de todos. Quizá en países analfabetos, en que al escritor se le exige algo que él no se había propuesto, toda vez que no es político, ni sociólogo, ni dirigente de masas, en esos países creo que se está exagerando esto. El escritor es un artista, no un reformador. Los *Versos sencillos* de Martí son la obra de un *escritor*. Cuando Martí quiso actuar como político agarró un fusil, atravesó el Caribe, se montó en un caballo y murió bellamente en el primer combate. Siempre supo qué cosa estaba haciendo.

En su propia literatura, Monterroso ha tocado el tema de la política,

> en cuanto el tema político resulta tan cotidiano como cualquier otro. En nuestros países, y esto es quizá lo que haga que ciertos críticos quieran más política en lo que uno escribe, la política absorbe prácticamente todo. Claro, cuando digo política lo digo en el sentido en que lo entiende la gente sencilla: la represión, el temor a la policía (sólo entre nosotros la gente decente teme a los policías), la co-

28

rrupción, la falta de libertad para leer o ver, ya no digamos para escribir. En la mayor parte de los países latinoamericanos la política ha terminado por convertirse simplemente en esto: en matar o ser muerto, en hablar o estar preso, en oponerse o estar desterrado. (...) En Inglaterra y en los Estados Unidos las ideas de [Bertrand] Russell podían ser perseguidas, pero no sus testículos. Si usted tiene ideas en los países de que hablé antes, la policía no persigue estas ideas, no le importan ni las entiende: Persigue sus testículos y hará todo lo posible por arrancárselos» [23].

Fábulas y antifábulas

Pasemos a otro momento de la obra de Monterroso, tal vez de los más personales aunque aparentemente se imbrique con un género antiquísimo como es el de la fábula. *La Oveja negra y demás fábulas* declara engañosamente desde el título su pertenencia a un género que posee, como todos, su propio sistema retórico, y sin embargo no sería erróneo afirmar que en su intención y en su realización estética es una parodia de la tradición fabulística. La fábula clásica sintetiza, en una suerte de ascesis de lenguaje y de expresión narrativa, un ánimo de enseñanza a través del ejemplo y de ahí que se la asocie, en muchos de sus cultores originales (Esopo, Fedro, Samaniego, La Fontaine o Iriarte) con la edificación moral, con las cruzadas por el mejoramiento de las costumbres. La retórica de la fábula (incorporada al acervo hispanoamericano desde el siglo XVIII con autores como Irisarri y Fernández de Lizardi) [24], sólo aparentemente es acatada y continuada por Monterroso. En realidad, su texto modifica los parámetros de la fábula, disuelve el género fingiendo su respeto disciplinado. Aquí hay un fenómeno de desplazamiento genérico interno, no una renovación sino una parodia del mismo, pues sólo podría utilizarse seriamente como un acto humorístico, valga la

---

[23] *Viaje al centro de la fábula*, págs. 90-91.
[24] Cfr. Mireya Camuratti, *La fábula en Hispanoamérica*, México, Universidad Nacional Autónoma de México, 1978.

paradoja. En esa actitud disolvente y rebelde se cumplen las condiciones de una nueva estrategia narrativa. ¿Y en qué consiste esa estrategia? En una propuesta de juego compartido con el lector, un juego de inteligencia y de *non-sense*[25] que adquiere sentido sólo cuando se acepta su nuevo código estructurador. La expectativa del lector de fábulas es tergiversada pues no se cumplen las reglas características del género —ni la utilidad moral, ni el didactismo como actitud. En todo caso utiliza en esa forma algunas de sus inclinaciones reconocibles de las cuales puede sacar inmejorable partido: la concisión casi epigramática del discurso y el hábil manejo del absurdo. Si pensáramos en lo que Harold Bloom llama «ansia de influencia»[26], podría verse que Swift ha sido rápidamente sustituido por Lewis Carroll.

El bestiario de Monterroso posee una razón de ser estratégica que el autor ha definido consciente de que se trata de un juego de procedimientos que buscan efectos particulares. Ha dicho Monterroso:

> En un cuento moderno a nadie se le ocurre decir cosas elevadas, porque se considera de mal gusto, y probablemente lo sea; en cambio, si usted atribuye ideas elevadas a un animal, digamos a una pulga, los lectores sí lo aceptan, porque entonces creen que se trata de una broma y se ríen y la cosa elevada no les hace ningún daño, o ni siquiera la notan[27].

Cuidadoso de no incurrir en la cursilería (el mal gusto), es decir, temeroso del juicio del lector, Monterroso acaba pasándole un contrabando y eludiendo su censura a través de la fábula. Se propone la fábula como un caballo de Troya que burlará la prevención del lector ante ciertos temas (las «cosas elevadas») que la estética moderna ha descartado.

---

[25] Monterroso: «Por lo general me dejo llevar por el absurdo, lo ilógico», *Viaje al centro de la fábula*, pág. 143.

[26] Harold Bloom, *La angustia de las influencias*, Caracas, Monte Avila Editores, 1977.

[27] *Viaje al centro de la fábula*, pág. 33.

El gran triunfo del realismo hispanoamericano después del modernismo supuso una sanción positiva de la *humilitas* y una correspondiente sanción negativa de la *sublimitas*; esta situación de conflicto maniqueo es aún más definida en una orientación satírica como la de Monterroso, situada en las antípodas de cualquier solemnidad. Entonces la forma fabulística le permite recuperar ciertos temas que parecían propios de la *sublimitas*, quitándoles toda actitud acartonada o solemne, y ante todo le facilita la posibilidad —aunque esto pareciese altisonante y por ende contradictorio— de reflexionar sobre la condición humana y sus flaquezas.

Esto último es transparente y se puede observar en todas sus fábulas, del mismo modo que el propósito lúdico de manipular imágenes, reciclar antiguas fábulas en ejercicio intertextual (Aquiles y la tortuga, la cigarra y la hormiga, la gallina de los huevos de oro). En todos los casos es inútil —e inaconsejable— buscar la consabida moraleja; el lector está convocado a ejercer su facultad de reconocimiento gracias a las marcas culturales que maneja la alusión, y esto en una medida *medianamente* culta de competencia —nunca excesivamente sofisticada o especializada. Diríase que en el juego de esta anagnórisis, Monterroso no va mucho más allá del nivel de la doxa nutrida por el conocimiento básico, poco más que elemental, de las fábulas infantiles depositadas en el lugar común o de textos como el *Quijote* y *La metamorfosis* de Kafka (este útlimo, para la fábula «La cucaracha soñadora»).

Léanse algunas de esas fábulas:

> «Caballo imaginando a Dios»: A pesar de lo que digan, la idea de un cielo habitado por Caballos y presidido por un Dios con figura equina repugna al buen gusto y a la lógica más elemental, razonaba los otros días el caballo. Todo el mundo sabe —continuaba en su razonamiento— que si los Caballos fuéramos capaces de imaginar a Dios lo imaginaríamos en forma de jinete.

> «El Paraíso imperfecto»: Es cierto —dijo melancólicamente el hombre, sin quitar la vista de las llamas que ardían

en la chimenea aquella noche de invierno—; en el Paraíso hay amigos, música, algunos libros; lo único malo de irse al Cielo es que allí el cielo no se ve.

«El burro y la flauta»: Tirada en el campo estaba desde hacía tiempo una Flauta que ya nadie tocaba, hasta que un día un Burro que paseaba por ahí resopló fuerte sobre ella haciéndola producir el sonido más dulce de su vida, es decir, de la vida del Burro y de la Flauta. Incapaces de comprender lo que había pasado, pues la racionalidad no era su fuerte y ambos creían en la racionalidad, se separaron presurosos, avergonzados de lo mejor que el uno y el otro habían hecho durante su triste existencia.

«La Oveja negra»: En un lejano país existió hace muchos años una Oveja negra. Fue fusilada. Un siglo dspués, el rebaño arrepentido le levantó una estatua ecuestre que quedó muy bien en el parque. Así, en lo sucesivo, cada vez que aparecían ovejas negras eran rápidamente pasadas por las armas para que las futuras generaciones de ovejas comunes y corrientes pudieran ejercitarse también en la escultura.

En «El Conejo y el León», la resolución es sorprendente pues atenta contra el saber común y se instala en una reflexión sobre la relatividad de los juicios. Se habla de un Psicoanalista que observa en la selva la conducta de los animales. De regreso a la ciudad publica

> *cum laude* su famoso tratado en que demuestra que el León es el animal más infantil y cobarde de la Selva, y el Conejo el más valiente y maduro: el León ruge y hace gestos y amenaza al universo movido por el miedo; el Conejo advierte esto, conoce su propia fuerza, y se retira antes de perder la paciencia y acabar con aquel ser extravagante y fuera de sí, al que comprende y que después de todo no le ha hecho nada.

Lo más parecido a la fábula de moraleja implícita es «El mono que quiso ser escritor satírico». El mono de la fábula se dedica al estudio de las costumbres y de observador agudo de la Selva se convierte en «el más experto conocedor de la naturaleza humana». Pero cuando decide aplicar ese saber, se descubre socialmente comprometido. Quería escribir contra los ladrones (las Urracas) pero alguna Urraca amiga podría darse por aludida; quería escribir contra los oportunistas (las Serpientes), pero sucede lo mismo; o satirizar a los «laboriosos compulsivos» pero teme ofender a las abejas; o criticar la promiscuidad sexual pero tiene amigas entre las Gallinas adúlteras. El efecto del compromiso social es la parálisis:

> En ese momento renunció a ser escritor satírico y le empezó a dar por la Mística y el Amor y esas cosas; pero a raíz de eso, ya se sabe cómo es la gente, todos dijeron que se había vuelto loco y ya no lo recibieron tan bien ni con tanto gusto[28].

Estos ejemplos serían suficientes para comprobar la existencia de estrategias básicas en la escritura de Monterroso, en la delicada operación de satirizar a sus propios lectores por debilidades humanas ocasional o esencialmente padecidas, como la estupidez, la crueldad, la cobardía, la insensibilidad estética, la compulsión de la conducta, pero de tal modo que su lector no se dé por ofendido (temor que comparte Monterroso con el Mono de la fábula) y en cambio pueda finalmente asumir la capacidad de crítica, la sátira como arma en su propio horizonte mental.

Monterroso parte del axioma según el cual en la sátira ningún lector se reconoce a sí mismo, sino al vecino. Por eso una estrategia del texto consiste en despojarse de señas individualizadoras al descontextualizarse elaborando un espacio mítico (la Selva), aunque haya algunas «marcas» de regreso a la vecina realidad social («el bosque de Chapultepec», etc.). En algunos casos, el lector histórico de las fábulas se ha puesto al juego de descubrir identidades dentro de la presunta alusión y se ha querido descubrir en «El Zorro es más sabio» una alusión a Juan Rulfo e identificar al *Che* Guevara o a Tomás Moro en «La Oveja negra» (pero

---

[28] Augusto Monterroso, *La Oveja negra y demás fábulas,* Barcelona, Seix Barral, 1981.

¿por qué no a Cristo?). Más acá o más allá de estos ejercicios en que se convida a compartir el ingenio, lo cierto es que en principio el texto se enfrenta a su lector sin buscar su empatía por procedimientos de complicidad; por el contrario, parece antagonizarlo, quebrar sus defensas, ingresar en su campo operatorio, desarmarlo de sus propias estrategias, de su propia armadura de vanidad, dejándolo inerme ante las armas verbales. En esto consistiría su agresividad dialógica, y explicaría a la vez por qué al referirse al libro Asimov hablaba de textos que «muerden» aunque parezcan inofensivos, y García Márquez acuñaba la imagen de un lector acorralado, que debe leer el libro «manos arriba». Si bien la defensa psicológica ante la sátira consiste, como decíamos antes, en pretender no reconocer que se nos está aludiendo, la lectura acaba por presentárnosla como un espejo de imágenes de una realidad humana a la que pertenecemos necesariamente y como un instrumento que puede ser apropiado para seguir analizando esa realidad.

Movimiento que no cesa

Movimiento perpetuo y *Lo demás es silencio* desnudan a sus textos de las marcas de origen e identidad genéricas, desvanecen los límites entre cuento y ensayo, para darle a uno los atributos del otro. El epígrafe de *Movimiento perpetuo* podría interpretarse como una suerte de *ars poetica* en que vida y texto encuentran su conciliación en la noción de «movimiento perpetuo». Dice el epígrafe:

> La vida no es un ensayo, aunque tratemos muchas cosas; no es un cuento, aunque inventemos muchas cosas; no es un poema, aunque soñemos muchas cosas. El ensayo del cuento del poema de la vida es un movimiento perpetuo; eso es, un movimiento perpetuo

Y a esta tautológica afirmación añade el humor anticlímax, pues para evitar el frasismo solemne y la petulancia filosófica de este «pensamiento», Monterroso inventa el símbolo perfecto del movimiento perpetuo: la mosca. Y llena su libro de moscas dibujadas y de referencias literarias a las moscas.

Lo demás es silencio lleva a extremos la desnaturalización y la reinvención de géneros. Se subtitula «La vida y la obra de Eduardo Torres» e ilustra una exitosa incursión en la *biografía ficticia* y en una forma de novela fragmentaria. No pretende una originalidad absoluta, ni siquiera latinoamericana, en el género, pues ya Jorge Luis Borges, inspirado por Marcel Schwob, lo logró espléndidamente en *Historia universal de la infamia* (1935), aparte el hecho de que *todo* relato estructurado en torno a un personaje pueda considerarse, por definición, una «biografía ficticia». Pero el caso del Eduardo Torres de Augusto Monterroso tiene, a mi juicio, inflexiones particulares e interesantes.

Por lo pronto, el personaje se le aparece tempranamente, en 1959, en la *Revista de la Universidad de México*, y lo acompaña durante veinte años de vida y obra, hasta encontrar su lugar diríase «natural» en libro. Antes de encontrar este lugar, Eduardo Torres era «conocido» en los ambientes culturales de México, y su entidad ambigua hacía que algunos lo consideraran persona real y no personaje imaginario. El libro que desde 1978 se ocupa de él, está constituido, como un mosaico, por varios testimonios de otros personajes tan ficticios como Eduardo Torres: su hermano, su ex secretario particular, su esposa, su *valet,* e incluye también una sección de «selectas» (ensayos, aforismos, dichos, etc.). El juego de espejos enfrentados llega al punto de que Eduardo Torres reseña *La Oveja negra y demás fábulas* de Augusto Monterroso, primer caso conocido de un personaje —en la tradición pirandelliana— que comenta por escrito a su autor.

Refiero estos aspectos, unos pocos entre muchos, para perfilar las nuevas estrategias del texto frente a la lectura. Es claro que al dispararse hacia referentes múltiples de la vida real y de la literatura, el texto exige del lector un diálogo y eso que llamo aquí exigencia (podría llamársele invitación, pero constituye realmente un imperativo) *es* su es-

35

tructura textual. Bajtin estudió este fenómeno en una hermenéutica del texto así como de la recepción, estableciendo la posibilidad de producir ese diálogo con las obras mediante un proceso de desprendimiento del yo, un reconocimiento de la alteridad y una recuperación del yo en el otro, lo que a su vez Jauss ha llamado «estado de excentricidad estética»[29], y que sería la premisa fundamental del diálogo entre texto y receptor. Pero aquí me interesa observar no tanto la recepción real (e histórica) cuanto la estrategia de un texto que en gran medida *presupone* las estrategias del lector. Podríamos decir, empleando la antigua distinción de Umberto Eco, que la de Monterroso tiene la estructura de la *opera aperta*, otorgándole al lector la función de completarla y complementarla productivamente (y no pasivamente) en el momento privilegiado de la lectura, ése en el cual se da a la obra su estado de existencia. O podríamos aún traer a colación la noción de «lugares de indeterminación» en la que coinciden Ingarden e Iser, por vías diferentes, concibiendo al lector como un activo complemento de esas indeterminaciones del texto, como el llamado a *determinar* y terminar lo ausente. En estos sentidos, los textos de Monterroso se propondrían como estructuras de enorme movilidad y libertad, y con un lenguaje más sugestivo que preciso, diría que son textos *incitantes* y *provocadores* dado que exigen del lector una participación fundamentalmente activa. Sin embargo, el propio Eco añade a su teoría una excelente precisión en *The Role of the Reader* (1979), que consiste en señalar que la libertad dejada en manos del lector es siempre relativa, ni arbitraria ni infinita. En rigor, dice, «no se puede usar el texto como se desee *sino sólo como el texto desee ser usado*» (el subrayado es mío)[30], y en esto consistirá la estrategia del texto, en orientar y predeterminar las estrategias de la lectura.

Lo demás es silencio es un texto rico y complejo en éste y en muchos otros sentidos. Instaura un juego dialógico con

---

[29] Jauss, art. cit.

[30] Umberto Eco, *The Role of the Reader,* Bloomington, Indiana University Press, 1979.

el lector que me gustaría llamar, como los juegos infantiles, una suerte de *hide and seek* (o «escondidas»), articula-
do con la intertextualidad: ese conjunto de citas, alusiones,
referencias a otras obras, a otros textos, actitud estratégica
que se encontraba ya presente en *Obras completas y otros
cuentos* y más aún en *La Oveja negra*. Roland Barthes dice: «La escritura literaria (es) un diálogo de otras es-
crituras en el interior de una escritura»[31]; y Monterroso,
de su propia cosecha: «Cualquier arte se nutre en primer
lugar de sí mismo. La literatura se hace con la literatura»[32].
En *Lo demás es silencio* la intertextualidad se exacerba y
se convierte en una actitud equívoca y maliciosa. Ya no se
trata de sembrar citas, menos aún de gratificar el ego del
lector permitiéndole el hallazgo erudito, sino, en todo caso,
de ponerle en juego, desafiarlo, jugar un verdadero *juego*
con riesgos. Y esto comienza en el epígrafe: «Lo demás es
silencio. Shakespeare, *La Tempestad*», para el cual la exigencia estratégica del texto consiste en que se advierta que
se trata de una referencia *deliberadamente* errónea y no de
un error. Otro equívoco fundamental tiene que ver con la
expectativa del lector ante el género de la *biografía*. En los
textos atribuidos a Eduardo Torres y en los testimonios sobre su obra y su persona, la figura del sabio de San Blas se
construye con ambigüedad: ¿es agudo o mediocre, autor de
escritos inteligentes o de textos que fácilmente se convier-
ten en galimatías y absurdos? El efecto moderno es grotes-
co. La *biografía* de Eduardo Torres podía haberse presen-
tado como otro triunfo de la *humilitas* pues en vez de tratarse de un gran hombre (como le corresponde al género),
«Eduardo Torres» no es otra cosa que el lugar donde se instala la mediocridad, la ridiculez de la pedantería culta, los
hábitos irrisorios que rodean a la literatura. Lo singular (e
irónico) es que como personaje y como autoridad erudita,
Eduardo Torres haya acompañado el desarrollo literario de
Monterroso como la clave musical que lo unifica. Sin áni-

---

[31] Roland Barthes, *El grano de la voz,* México, Siglo XXI Editores,
1983, pág. 58.
[32] *Viaje al centro de la fábula*, pág. 108.

mo de psicoanálisis, yo diría que Eduardo Torres representa todo un haz de actitudes solemnes y acartonadas, intelectualmente fallidas y ridículas de la institución autorial, en que Monterroso, por su aguda sensibilidad ante el ridículo, temería caer. Una suerte de fruto exacerbado de la conciencia del ridículo, de la «vergüenza» de ser «autor». Por eso, Eduardo Torres se constituye en un *lugar* cómodo, y hasta en una válvula de escape, en donde y a través de la cual vaciar todo el contenido intertextual de la cultura sin presumir de seriedad, al contrario, estableciendo la distancia humorística. A la inversa de Flaubert con respecto a su Madame Bovary, Monterroso podría decir: «Eduardo Torres *no* soy yo.» O bien: «Eduardo Torres es todo aquello que yo temería ser.» En cambio, es significativo que uno de los críticos de su libro titule la reseña reconociendo: «Eduardo Torres somos todos»: al interpretarse el libro como un retrato satírico del medio intelectual mexicano, se nos advierte precisamente de su negatividad. Este último es un buen ejemplo implícito de lectura a través de la cual se asume la alusión reconociendo las marcas textuales del mundo circundante, y se hace del texto un arma para continuar analizando ese medio, esa realidad.

Hasta aquí he querido desmontar y exhibir algunos ejemplos de la manera en que la literatura de Monterroso se organiza en relación al lector —y hablo de un lector implícito en el propio proceso de escritura, pero a veces también me refiero al lector real e histórico, en la medida en que ambos suelen coincidir. Tanto o más que en otras obras latinoamericanas, en las de Monterroso ese lector implícito es condición determinante, y además se va haciendo paulatinamente más necesario desde *Obras completas (y otros cuentos)* hasta *Lo demás es silencio* en el curso de treinta años de producción literaria.

La literatura de Monterroso nos permite observar que en el periodo señalado existen diferentes instancias de lector implícito, y no me atrevería a decir que son estrictamente sucesivas ni que dan la idea de 'progreso' dentro de un ciclo, sino en todo caso de que existen y coexisten tomando diferente primacía en cada caso, en cada momento.

Esta perspectiva hace que la invitación a la empatía (y complicidad de punto de vista) del lector presupuesta en cuentos como «Primera dama», «El eclipse» o «Mr. Taylor», funcione hoy, en la lectura histórica, junto con estrategias más sofisticadas y humorísticamente malévolas, originales e incitantes, observadas en *Lo demás es silencio*.

Hay una diferencia importante entre el lector implícito en «Mr. Taylor» y el que corresponde a *Lo demás es silencio*, por señalar dos momentos o dos instancias de la misma obra. El primero, más elemental, funciona estratégicamente pidiéndole al lector una identificación con el punto de vista. Las fábulas de *La Oveja negra y demás fábulas*, algunos textos de *Movimiento perpetuo* y ante todo *Lo demás es silencio*, se inclinan a incorporar a ese lector en el mundo satirizado, ese mundo de provincianismo mental no importa su latitud geográfica. Como sucede en toda sátira, se trata de fustigar hábitos mentales y morales que son síntomas o signos de la estupidez, pero también de la enajenación social y política propia del enclave neocolonial, de la dependencia cultural, de los falsos modelos cosmopolitas y metropolitanos. En esta segunda estrategia, sin embargo, el lector no es sólo una víictima sino finalmente un beneficiario. El diálogo que entabla con él no es el romántico-simbolista de Baudelaire («hypocrite lecteur») sino algo así como un diálogo socrático cuya estrategia consiste en permitir producir (y reproducir) en ese mismo lector el aparato de estrategias con que el escritor analiza y desmitifica, satirizando, el mundo en que vive, que es el mundo en que todos vivimos.

Un personaje de ambigua naturaleza

Dije antes que Eduardo Torres nació para la literatura en 1959, en la *Revista de la Universidad de México*, y que hasta llegar a 1978, fecha de publicación de *Lo demás es silencio*, vivió la insólita experiencia de ser considerado real y ficticio. Monterroso no fue inocente de este juego, aunque muy probablemente tampoco calculó en el momento de origen cuál iba a ser la fortuna literaria de su personaje. Singular resulta comprobar que después de *Lo demás es silencio* sigamos refiriéndonos a Eduardo Torres, cada vez que sea necesario, como si se tratase de un intelectual más en el medio mexicano. Véanse algunos signos de su presencia en otros libros de Monterroso y en entrevistas.

Movimiento perpetuo es un libro generoso en oportunidades variadas para aludir o nombrar a Eduardo Torres, dado que incluye ensayos, cuentos, prosas breves de índole epigramática (siendo, por ello, un antecedente de *Lo demás es silencio).* Al menos dos epígrafes se le atribuyen. Uno, iniciando el ensayo «Cómo me deshice de quinientos libros», da ejemplo de su singular sabiduría: «Poeta, no regales tu libro; destrúyelo tú mismo.» El segundo inicia el texto «Estatura y poesía», y dice: «Los enanos tienen una especie de sexto sentido que les permite reconocerse a primera vista.» En los dos casos se admite una doble lectura: considerado con seriedad (o con *lógica),* lo dicho en los epígrafes es tonto; leído en clave de humor (y de *absurdo),* revela la agudeza de Eduardo Torres y de su autor. Es cierto que este último ha reconocido su inclinación al absurdo, al mismo tiempo que rechazó la presencia de intelectualismo en su visión del mundo: «Por lo general me dejo llevar por el absurdo, lo ilógico; y (por el contrario) para mí el *summum* de lo intelectual es la lógica»[33].

En un breve texto de *Movimiento perpetuo* titulado «Humorismo» se cita a Eduardo Torres, pero vale la pena detenerse en él porque permite advertir con claridad los motivos por los cuales Monterroso nunca aceptó ser un *humorista,* definiéndose en todo caso como un *realista.*

> El humorismo es el realismo llevado a sus últimas consecuencias. Excepto mucha literatura humorística, todo lo que hace el hombre es risible o humorístico. En las guerras deja de serlo porque durante éstas el hombre deja de serlo. Dijo Eduardo Torres: «El hombre no se conforma con ser el animal más estúpido de la Creación; encima se permite el lujo de ser el único ridículo.»

[33] *Ibíd.,* pág. 143.

En esta definición pueden encontrarse algunas claves del humor y de la visión del mundo de Monterroso: el humor en sí como consecuencia del realismo más estricto con el que observar la conducta humana; la aptitud fabulística de lo humano en tanto se es «el animal más estúpido de la Creación»; la deshumanización del hombre bélico (lo cual denota el humanismo legítimo de Monterroso); la ridiculez como nota humana aunque en calidad de «lujo», es decir de impostación o excrecencia. Además, es posible advertir la burla con que se descalifica «mucha literatura humorística» al decir que, *con su excepción*, todo lo que hace el hombre es humorístico... Eduardo Torres, quien al decir de su *valet* y secretario, Luciano Zamora, era a la vez un «espíritu chocarrero, un humorista, un sabio (y) un tonto», se revela con aguda inteligencia en este texto, e identifica su discurso con el del autor ya que éste se apoya en él, citándolo.

En otros libros, Monterroso se refirió a Torres, y cuando lo hizo en *La palabra mágica* (1983), por ejemplo, fue aludiendo a un texto que incluye en *Lo demás es silencio*: «Hace algunos años Eduardo Torres se equivocó, o hizo que se equivocaba, y explicó verso a verso la estrofa (del *Polifemo* de Góngora) que no era, llamándola 'una estrofa olvidada'» [34]. Me interesa destacar en esta referencia la malicia de Monterroso al decir que Torres «se equivocó, *o hizo que se equivocaba*», ya que esa misma duda es la que se plantea en todas las actitudes y acciones del personaje, situándolo en el riesgoso margen que haría de Eduardo Torres el ejemplo de la inteligencia más alta y astuta o bien el de la tontería.

Esto nos permite hablar de un «juego» que establece Monterroso con sus lectores, con sus entrevistadores, con sus amigos, juego que le ha permitido crear y mantener el interés por su personaje. Así, por ejemplo, en un diálogo de 1969 con Margarita García Flores, Monterroso informó de estar preparando el libro que más tarde se titularía *Lo*

---

[34] Augusto Monterroso, *La palabra mágica,* México, Era, 1983, pág. 62.

demás es silencio[35], pero fingiendo (actuando) realizar una investigación *in situ* a esos efectos, que le obligaba a viajar a San Blas y consultar al propio personaje.

> Estoy ocupado en la biografía de Eduardo Torres, que se ha retrasado demasiado. La investigación ha sido más lenta y difícil de lo que yo esperaba. Los viajes a San Blas son caros y fatigosos (debido a mi falso temor al avión tengo que ir en autobús, yip o mula). Pero esto no importaría. Lo malo es que el resultado depende del humor del maestro. Cuando está de malas se dedica simplemente a hablarme de cosas que no tienen nada que ver con su vida, y yo sé que entonces es imposible lograr un dato, una fecha precisa[36].

En 1980, una vez que *Lo demás es silencio* ya estaba en manos de sus lectores, y éstos por vez primera tenían el conjunto de textos de y sobre Eduardo Torres, Monterroso le confiaba a Graciela Carminatti el origen de su personaje:

> ¿Cuál fue la idea inicial?
> La de rescatar una serie de artículos de un intelectual de provincia, específicamente el Dr. Eduardo Torres, de San Blas, S.B. Me costó trabajo encontrarlo, familiarizarme con él (no soy muy dado a las confianzas) y decidirme a hacerlo. Pero los años pasaron, las piezas se juntaron y el libro finalmente salió. Esto me dio tiempo para rechazar mucho material que también encontró su lugar adecuado: el lugar más oscuro de mi escritorio[37].

La biografía ficticia de Eduardo Torres se presenta con la apariencia de la máxima objetividad al reunir diversos testimonios que multiplican los puntos de vista y no se refieren al de uno solo, el del autor. De todos modos, las diferentes voces narrativas, como es obvio, están convocadas y reunidas por una voluntad superior y es en ese conjunto donde cada una de ellas adquiere un significado especial.

---

[35] La obra se anunció como *Biografía y Selecta de Eduardo Torres* en el renglón «en preparación», en el libro *Monterroso*, ed. cit.
[36] *Viaje al centro de la fábula*, pág. 37.
[37] *Ibíd.*, pág. 96.

Sin embargo, los principios de la biografía «fallan» en la misma medida en que Monterroso nunca se planteó verdaderamente elaborar una *biografía*, al pie de la letra, de su personaje. Corral observa que

> Torres es un pretexto, su ausencia es su presencia; lo único que percibe el lector es lo que Barthes, en su *Roland Barthes* y otros textos, llama 'biografemas', es decir, unos pocos detalles, preferencias, inflexiones, destinados todos a la dispersión, a no informar al lector[38].

Como señalé antes, Torres es en última instancia un dispositivo tan eficaz como las «fábulas», pues a través suyo Monterroso adquiere toda la libertad necesaria para elaborar y expresar su crítica satírica contra las falsedades del medio intelectual, fustigar las tonterías humanas, e incluso hablar sobre temas «elevados» sin caer en la pedantería libresca. Es el mejor ejemplo de la «visión al sesgo» de la realidad que Monterroso exhibe en su literatura.

Lo demás es silencio se integra con un «Epitafio», varios «Testimonios», «Selectas de Eduardo Torres», «Aforismos, dichos, etc.», «Colaboraciones espontáneas» y un «Addendum». A esto deberíase añadir la cuarta de cubierta que, aparte de unos datos biobibliográficos sobre Augusto Monterroso, reproduce un texto firmado por el Licenciado Efrén Figueredo, tan ficticio como cualquiera de los otros personajes. El epitafio sería prueba del sentido del humor de Eduardo Torres, dado que el mismo personaje lo escribió para el momento de su muerte, y el cura párroco de San Blas (llamado nada menos que Benito Cereno), lo tiene «depositado en la urna funeraria correspondiente». El humor de Monterroso, a su vez, consiste en *iniciar* la biografía de Eduardo Torres con su epitafio.

De los testimonios, el primero, titulado «Un breve instante en la vida de Eduardo Torres» y firmado «Un amigo», es la versión de la visita que los Notables de San Blas hicieron a la casa de Torres para ofrecerle al samblasense la candidatura como Gobernador. El rechazo a dicho ofre-

---

[38] Corral, *op. cit.*, pág. 194.

cimiento sería, de todo este episodio, el único elemento de tipo biográfico, en el nivel de los hechos que conforman una vida. Pero el testimonio es muy rico en otros aspectos, así por ejemplo, por exhibir el tipo de discurso retórico de Eduardo Torres, que resulta una suerte de profusión de citas y referencias cultas que no vienen al caso. La personalidad de Eduardo Torres tiene como rasgo fundamental su base libresca: se trata de un individuo intoxicado con las lecturas, que vierte su saber de una manera absurda y hasta ridícula pero siempre con buena intención (o bien a sabiendas, y en ese caso, con malicia). Es tal la enajenación literaria del personaje, que sus palabras son siempre emanaciones de lo leído, pero haciendo tal mezcla de lecturas y citas célebres que pierde el sentido de las figuras expresivas o de las referencias cultas que utiliza.

El momento más divertido de este capítulo es su respuesta a los Notables, respuesta en la cual los vicios librescos anotados saltan incesantes como conejos de la galera incontrolable de un mago:

> Sean otros —continuó después de breve pausa acompañada por un suspiro—, quizá más afortunados o más aptos que yo, como Viro Viriato, que de la noche a la mañana se convirtió en un gran general, los nuevos Cincinatos o Cocles. Permítanme, pues, se lo suplico, no cruzar este Rubicón reservado históricamente a los Julios, y volver a mi retiro de siglos, desde el cual, lejos del mundanal aplauso, podré servir mejor a mis felices conciudadanos y vencer en mí mismo lo que todo clásico sabe que es lo más difícil de vencer en cualquier lid: la ambición y los halagos de la cosa pública. Prefiero mil veces ser como hasta ahora el tercero excluido y vivir a la sombra de la caverna de Platón o del árbol de Porfirio, que salir a la plaza del mundo a cortar falsos nudos gordianos ya no digamos con la espada, símbolo del poder que de ninguna manera me corresponde, pero ni siquiera con la modesta navaja de Occam, por afinada y sutil que ésta se suponga. *Dixit*.

El segundo testimonio, escrito por Luis Jerónimo Torres, hermano del personaje, se titula «E. Torres, un caso singular», y desde el punto de vista de la *biografía* apenas si apunta algunos rasgos escasos e inútiles de la infancia, salvo el hecho de que, siendo aún niño, una tía «lo dejó caer» accidentalmente, y a ello parecen atribuir los padres preocupados su gran afición a la lectura, incluido el hecho de que su primera palabra no fuese «papá» ni «mamá» sino «libro». El resto del testimonio sirve para hacer un retrato del medio físico e intelectual de San Blas y recordarnos que Eduardo Torres, como tantas glorias de provincia, fundó y dirigió el Suplemento Dominical de *El Heraldo de San Blas*. Para culminar el absurdo de este texto, Monterroso acota en una nota final que «Luis Jerónimo Torres (...) por escrúpulos de conciencia destruyó, antes de suicidarse, todo lo relativo a la pubertad y demás vida sexual de E.T.».

El tercer testimonio es de los más interesantes porque en él confluyen las memorias del narrador-personaje Luciano Zamora, secretario y ayuda de cámara de Eduardo Torres, con la propia biografía de Torres y con episodios reales de la vida de Monterroso, quien se enmascara en Zamora e incluso hace un guiño de reconocimiento al dedicarle a Bárbara Jacobs sus recuerdos. Es el texto más extenso de todos y aparece dividido en 24 capítulos y un epílogo. De algún modo —podría pensarse— era la oportunidad para mostrar la intimidad del «gran hombre» a los ojos de su *valet*, y sin embargo resulta un relato sabroso de los trabajos y azares de un joven ingenuo en el momento de descubrir la literatura, el amor y sus primeras ocupaciones como ayudante de un escritor. Las novelas que Luciano Zamora consume en sus horas de trabajo, junto con el relato de su asedio epistolar (y anónimo) a Felicia, la sirvienta de los vecinos, ocupan todo este capítulo, y Eduardo Torres permanece en el trasfondo como el eterno ausente. Lo máximo que sabremos del Dr. Torres a través de los recuerdos de Luciano Zamora es que era dado a la esgrima, que coleccionaba todo lo cultural aparecido en los periódicos, y que cierta vez le entregó a su ayudante un montón de cartas galantes para que las copiara a fin de destruir los originales comprometedores y salvar el prestigio de mujeres solteras y casadas. El capítulo es, por ende, mucho más autobiográfico que testimonial, pero constituye una pequeña comedia provinciana con mucho sabor de ambiente, pues toda la corrupción del medio, las multiplicadas infidelidades conyugales, con sus resentimientos y escándalos previsibles, están vistos a través de una conciencia cándida y hasta medrosa de propios y ajenos pecados.

«Hablar de un esposo siempre es difícil», por Carmen de Torres, se presenta como una «Grabación» y no como escritura, más de acuerdo con las inclinaciones escasamente literarias de la esposa de Eduardo Torres, y aprovechando, en ese estilo «hablado», inflexiones expresivas y estilísticas que los demás testimoniantes no le permitían recrear. Además de emplear muchos giros propios de la conversación, el capítulo busca la espontaneidad de un testimonio que no alcanza (o supera) el «congelamiento» de la palabra escrita, y crear un retrato familiar muy cercano al personaje, como sólo puede hacerlo quien ha convivido más íntimamente con él. Es un espléndido cuadro de costumbres, donde Monterroso aguza su mirada satírica para burlarse de los hábitos y la mentalidad provincianas. Es muy divertido el retrato de la «vida social», o bien el recuento de «un día típico de la vida de Lalo» (Eduardo). En ellos, como en toda esta prosa, Monterroso logra entrar en la piel de su personaje y hacer de su testimonio algo muy verosímil, convincente e ilustrativo del nivel mental de su narradora.

Las «Selectas de Eduardo Torres» y la «Breve selección de aforismos, dichos famosos, refranes y apotegmas del doctor Eduardo Torres», proporcionan el invalorable material literario presuntamente escrito por el personaje, y por tanto lleno de absurdos al mismo tiempo que de agudezas. Una reseña de *El Quijote* con observaciones negativas de índole gramatical y filológica, merece en respuesta una «Carta censoria» firmada por las iniciales F.R.; el ensayo «Traductores y traidores» llega al absurdo de proponer dos traducciones (una literal, otra espiritual) de un poema hecho con rayitas y no con palabras; «El pájaro y la cítara» parodia el comentario de una «octava olvidada» de Góngora, como burla hilarante de tantos eruditísimos estudios padecidos por el poeta español; el «Decálogo del escritor» tiene doce mandamientos en lugar de diez, para comodidad del lector —que éste «escoja los que más le acomoden»—, aparte de que los mandamientos juegan semánticamente con la lógica, estableciendo lo que podríamos llamar una sensatez absurda o una lógica ilógica. «Cree en ti, pero no tanto; duda de ti, pero no tanto. Cuando sientas dudas, cree; cuando creas, duda», es uno de sus ejemplos. «Día mundial del animal viviente» le da a Monterroso oportunidad de exhibir su gracia y arte de dibujante (atribuidos ambos a E. Torres), y al mismo tiempo su afición por los animales (al menos, por los animales literarios). Y la «Ponencia presentada por el doctor Eduardo Torres ante el Congreso de Escritores de todo el Contienente, celebrado en San Blas, S.B., durante el mes de mayo de 1967», es una desopilante serie de retruécanos, en propuestas como la siguiente que da la tónica general de la ponencia:

> Que en vez de perseguir a los escritores, las autoridades persigan a las escritoras, tarea que como una maldición bíblica, se ha dejado hasta la fecha a los primeros, con los resultados ampliamente conocidos en el Departamento Demográfico (ver *Informe anual* del mismo, Vol. 13, 1965) y en clínicas menos honestas.

«De animales y hombres» es una reseña escrita por Eduardo Torres sobre *La oveja negra y demás fábulas*, y en «Imaginación y destino» el narrador presenta cuatro variantes de un mismo hecho —la caída de una manzana— desarrollando como hipotéticos resultados del carácter humano, el futuro de un poema, de la Ley de la Gravitación Universal, o un novelista de misterios como Conan Doyle, o bien el jefe de policía de San Blas, S.B.

A su vez, la sección «Colaboraciones espontáneas» presenta un soneto anónimo, «El burro de San Blas (pero siempre hay alguien más)», y un análisis literario del mismo por la pluma de Alirio Gutiérrez. En ambos casos se trata de una burla despiadada contra Eduardo Torres, pero también podría sospecharse que el propio Torres haya intervenido en ello buscando notoriedad. Todo es posible en plan de suposiciones sobre personajes ficticios, máxime

47

cuando en el «Punto final» del libro Eduardo Torres confiesa haber revisado los originales sin hacer más que pequeñísimos cambios, leves correcciones. «Mi mano no pasó nunca por ellos (los testimonios), excepto cuando una que otra coma mal puesta así lo requirió.»

Alguna vez Monterroso confió su deseo de que Eduardo Torres lo superase en celebridad, recordando varios ejemplos de la difícil relación entre personajes y autores en la historia de la literatura:

> Uno debería ser borrado por sus personajes, de quienes uno apenas estuvo al servicio. Gulliver rebasa a Swift y Otelo a Shakespeare. En cambio, Leopoldo Bloom no ha podido hacer que Joyce permanezca tras la cortina. Lo mismo sucede con Kafka: sus personajes le sirven más a él que él a ellos. El mas sabio ha sido Cervantes al esconderse tras otro nombre para contar la historia de don Quijote, incluso al grado de que se ha llegado a considerarlo un idiota al lado de su personaje[39].

Difícil sería en este sentido predecir qué fortuna haya de tener Eduardo Torres en el futuro de la literatura hispanoamericana, más allá de afirmar que al presente vive y permanece en México con completos derechos de ciudadanía, y que es citado, referido, alabado y vilipendiado, y a menudo visto al sesgo con suspicacias y celos. En lo personal sólo puedo decir (y agradecerle) que su ayuda fue inapreciable en la elaboración de las notas de esta edición.

---

[39] *Viaje al centro de la fábula*, pág. 136.

Bibliografía

Obras de Monterroso. Primeras ediciones

El Concierto y el Eclipse, México, Los Epígrafes, 1947.
Uno de cada tres y El Centenario, México, Los Presentes, 1952.
Obras completas (y otros cuentos), México, Imprenta Universitaria, 1959.
La Oveja negra y demás fábulas, México, J. Mortiz, 1969.
Movimiento perpetuo, México, J. Mortiz, 1972.
Lo demás es silencio, México, J. Mortiz, 1978.
Viaje al centro de la fábula, México, UNAM, 1981.
La palabra mágica, México, ERA, 1983.

Estudios sobre Monterroso

AGUILAR, Luis Miguel, «Jugar a Monterroso», *Nexos,* México, marzo de 1984.
ALVEZ PEREIRA, Teresinha, «Las moscas. Movimiento perpetuo», *Vida Universitaria,* México, Monterrey, 15 de abril de 1973.
ARELLANO, Jesús, «Augusto Monterroso y otros cuentos», Suplemento dominical de *El Nacional,* México, 29 de noviembre de 1959.
ARIZA, Sebastián, «Obras completas (y otros cuentos)», *Libros,* Bogotá, junio de 1982.
BLANCO, José Joaquín, «Aguafuertes de narrativa mexicana 1950-1980», *Nexos,* México, agosto de 1982.
BONIFAZ NUÑO, Alberto, «Te hablo, Monterroso, para que me escuches, Eduardo Torres», La Cultura en México, *Siempre!,* México, 7 de marzo de 1979.
BRADU, FABIANNE, *«La palabra mágica* de Augusto Monterroso», *Vuelta,* México, marzo de 1984.
BRAVO ARRIAGA, Dolores, «La fábula: sátira y enseñanza», *Gaceta de la Universidad Nacional Autónoma de México,* 11 de octubre de 1982.

BRYCE ECHENIQUE, Alfredo, «Ausgusto Monterroso o nuestra imagen ante un espejo», *Oiga,* Lima, 7 de junio de 1974.

CAMPOS, Marco Antonio, Alrededor de Augusto Monterroso, *Señales en el camino,* México, Premiá Editora, 1983.

— «Lo bueno, si breve, Monterroso», El semanario, Suplemento de *Novedades,* México, 13 de octubre de 1985.

CORRAL, Wilfrido H., *Lector, sociedad y género en Monterroso,* Centro de Investigaciones Lingüístico-Literarias, Universidad Veracruzana, Xalapa, Veracruz, México, 1985, 229 págs.

CURIEL, Fernando, «La ballena o la mosca. Monterroso: broma en serio», Diorama de la Cultura, *Excélsior,* México, 24 de diciembre de 1972.

CHUMACERO, Alí, «Augusto Monterroso contra el lugar común», México en la Cultura, Suplemento de *Novedades,* 7 de diciembre de 1959.

DONOSO PAREJA, Miguel, «Movimiento perpetuo», *El Día,* México, 16 de enero de 1973.

— «La Oveja negra y demás fábulas», *Revista de la Universidad* abril de 1960.

DURAND, José, «La última literatura hispanoamericana», *Cuadernos,* París, octubre de 1961.

— «Julio Cortázar habla de los narradores mexicanos», Diorama de la Cultura, *Excélsior,* México, 18 de junio de 1961.

— «Cuentos de Augusto Monterroso», México en la Cultura, Suplemento de *Novedades,* 14 de agosto de 1960.

— «La realidad copia un cuento fantástico de Augusto Monterroso», *Cuadernos del Viento,* México, marzo/abril de 1964.

— «Nota al pie de Monterroso», *El Sol de México,* 11 de enero de 1976.

EIZAGUIRRE, Santiago, «La narrativa de Augusto Monterroso», *La Voz de Galicia,* La Coruña, 25 de noviembre de 1982.

ELIZONDO, Salvador, «Veintena de libros para conversar», *Excélsior,* México, 4 de diciembre de 1972.

FOPPA, Alaíde, «Las *Obras completas* de Augusto Monterroso», *El Imparcial,* Guatemala, 19 de marzo de 1960.

FUENTES, Norberto, «Prólogo» al libro *Mr. Taylor & Co.* (recopilación de textos de A. M.), La Habana, 1982.

GALINDO, Carmen, «Monterroso y la crítica de las debilidades del hombre», *Novedades,* México, 24 de agosto de 1972.

— «El fabuloso Augusto Monterroso», *Novedades,* México, 21 de febrero de 1970.

GONZÁLEZ CASANOVA, Natacha, «*La palabra mágica* de Augusto

Monterroso, El Gallo Ilustrado, Suplemento de *El Día,* México, 15 de enero de 1984.

HENESTROSA, Andrés, *«Obras completas* de Augusto Monterroso, *El Nacional,* México, 15 de diciembre de 1959.

HUERTA, Efraín, «Pesadillas y cuentos de hadas», Suplemento de *El Heraldo,* 7 de febrero de 1971.

JITRIK, Noé, «¿Por qué insistir en inútiles etiquetas?», Sábado, suplemento de *Uno más Uno,* 1982.

KOCH, Dolores, M., «El microrrelato en el México actual», *El Universal,* México, 30 de marzo de 1982.

LABASTIDA, Jaime, «Informe sobre Monterroso», *Plural,* México, enero de 1982.

LARA ZAVALA, Hernán, «El cuento mexicano 1970», Revista Mexicana de Cultura, Suplemento de *El Nacional,* 27 de diciembre de 1970.

MASOLIVER RÓDENAS, Juan Antonio, «La Oveja negra y demás fábulas», *La Vanguardia Española,* Barcelona, 25 de marzo de 1971.

— «Augusto Monterroso o la tradición subversiva», sobretiro de *Cuadernos Hispanoamericanos,* núm. 408, Madrid, 1984.

MEJÍA, Eduardo, «Eduardo Torres somos todos», La Onda, *Novedades,* México, 22 de octubre de 1978.

MERCADO, Tununa, «Monterroso: todo arte es poesía», *Creación y Crítica,* México, noviembre de 1982.

— «Palabra mágica de Monterroso», *Vogue,* México, agosto de 1984.

MIRANDA, Julio E., «Lo demás es silencio», *Tiempo Real,* Caracas, Universidad Simón Bolívar, enero-marzo de 1979.

MONSIVÁIS, Carlos, «Monterroso y demás fábulas», Prólogo al disco de Voz Viva de América Latina, México, Universidad Nacional Autónoma de México, 1970.

MONSREAL, Agustín, «De cómo conocí y traté con Monterroso», *Excélsior,* México, 10 de octubre de 1981.

MORA, Juan Miguel de, «Movimiento perpetuo», *El Heraldo de México,* 2 de enero de 1973.

MUSACCHIO, Humberto, «Movimiento perpetuo», *El Nacional,* México, 28 de mayo de 1973.

NIÑO DE GUZMÁN, Guillermo, «La palabra mágica», *Oiga,* Lima, 2 de julio de 1984.

ORGAMBIDE, Pedro, «¿Qué le preguntaste a Monterroso?», *Excélsior,* México, 6 de diciembre de 1982.

ORTEGA GONZÁLEZ, Mariano A., «Movimiento perpetuo», *Chasqui,* III: 2, Madison Wisc., febrero de 1974.

OVIEDO, José Miguel, «Monterroso: lo bueno, si breve», Suplemento de *El Comercio*, Lima, 8 de abril de 1973.

— «Monterroso fulmina un vicio universal: la fatuidad», La Cultura en México, *Siempre!*, México, 29 de septiembre de 1971.

— «La zoología moral de Monterroso», *El Comercio*, Lima, 21 de junio de 1970.

— «La colección privada de Monterroso», *Revista de la Universidad de México*, México, mayo de 1984.

PACHECO, José Emilio, «Prosa en movimiento», La Cultura en México, *Siempre!*, México, 3 de enero de 1973.

— «Obras completas (y otros cuentos)», *Revista Mexicana de Literatura*, noviembre de 1959.

PADURA, Leonardo, «Sinfonía inconclusa de Augusto Monterroso», *Casa de las Américas*, La Habana, julio-agosto de 1983.

PATÁN, Federico, «Augusto Monterroso: La palabra mágica», Sábado, *Uno más Uno*, México, 7 de julio de 1984.

— «Un Monterroso y ocho entrevistadores», *Casa del Tiempo*, México, Universidad Autónoma Metropolitana, mayo de 1982.

PEREIRA, Armando, «Los silencios de Eduardo Torres», *Revista de la Universidad de México*, México, abril de 1979.

PIAZZA, Luis Guillermo, «El arte de escribir en serio con una sonrisa», Diorama de la Cultura, *Excélsior*, México, 13 de marzo de 1960.

POSADA, Francisco, «Para leer con los brazos en alto», *El Tiempo*, Bogotá, 13 de septiembre de 1970.

POSADA, Germán, «Cuentos antediluvianos», *El Tiempo*, Bogotá, 9 de marzo de 1961.

RAMA, Ángel, «Augusto Monterroso: fabulista para nuestro tiempo», *Eco*, Bogotá, 1974.

RAMÍREZ, Sergio, «La narrativa centroamericana», Separata de *El Pez y la Serpiente*, núm. 12, 1973.

RANGEL GUERRA, Alfonso, «El extraño mundo de Augusto Monterroso», *Vida Universitaria*, México, Monterrey, 11 de marzo de 1960.

REYES NEVARES, Salvador, «Obras completas y otros cuentos», *La Vida Literaria*, México, agosto de 1971.

RODRÍGUEZ PADRÓN, Jorge, «Las fábulas de Augusto Monterroso», Valencia, 21 de mayo de 1981.

RUFFINELLI, Jorge, «Monterroso: disparen sobre la solemnidad», *Crisis*, núm. 31, Buenos Aires, noviembre de 1975.

— «Monterroso y la teoría de la recepción», Sábado, *Uno más Uno*, México, 23 de noviembre de 1985.

— «Monterroso: fobias y literatura», Sábado, *Uno más Uno,* México, 30 de junio de 1984.

SALADRIGAS, Robert, «La fábula del mago y la palabra», *La Vanguardia,* Barcelona, 28 de junio de 1984.

SÁNCHEZ CÁMARA, Florencio, «Monterroso y la comunicación sentimental», La Cultura al Día, *Excélsior,* México, 19 de noviembre de 1985.

SCHNEIDER, Luis Mario, «Monterroso: humor y verdad», *Revista de la Universidad de México,* México, mayo de 1960.

SCHULTZE-KRAFT, «Homenaje a Augusto Monterroso», *Revista Mexicana de Cultura,* Suplemento de *El Nacional,* México, 3 de octubre de 1971.

SOLANA, Rafael, «Obras completas y otros cuentos», *La Vida Literaria,* México, agosto de 1971.

SOLAR, Hernán del, «Contagiosa amistad con la sonrisa», *Visión,* México, 3 de julio de 1970.

SOLARES, Ignacio, «La brevedad como condena», *Plural,* México, diciembre de 1972.

SOLOGAISTOA, José C., «Escritores guatemaltecos en México, *México al Día,* 1 de noviembre de 1953.

SOSNOWSKI, Sául, «Augusto Monterroso: la sátira del poder», Zona Franca, Caracas, julio-agosto de 1980.

STEN, María, «Monterroso en polaco», La Cultura en México, *Siempre!,* México, 22 de julio de 1977.

SUÑÉN, Luis, «Literatura y sentido del humor. La palabra mágica», *El País,* Madrid, 16 de septiembre de 1984.

URANGA, Emilio, «Astucias literarias», *México,* Federación Editorial Mexicana, México 1971.

URRUTIA, Elena, «Lo demás es silencio», *Uno más Uno,* México, 23/25 de octubre de 1978.

VALDIVIESO, Jaime, «Viaje al corazón de la fábula», Sábado, *Uno más Uno,* 8 de enero de 1983.

VARGAS, Rafael, «Excelencia: la lección de Monterroso», *México en el Arte,* México, marzo de 1984.

— «Y en el papel de James Boswell, Augusto Monterroso, *Nexos,* México, abril de 1979.

VÁSQUEZ-AZPIRI, Héctor, «La caricia de la prosa perfecta», *Visión,* México, 13 de enero de 1973.

VILLELA, Víctor, «Augusto Monterroso», Suplemento Cultural de *El Heraldo,* México.

VILLORO, Juan, «Las enseñanzas de Monterroso», Sábado, *Uno más Uno,* México, 30 de octubre de 1982.

ZENDEJAS, Francisco, «Multilibros» (Sección), *Excélsior,* México, 10 de noviembre de 1972.

— «Yet» (Sección), *Excélsior,* México, 7 de enero de 1970.

— «Obras completas y otros cuentos», *Excélsior,* México, 13 de junio de 1971.

ZENDOYA, Luis Enrique, «Un renovador de la fábula» *Vanguardia Dominical,* Bucaramanga, Colombia, diciembre de 1972.

ZIEGLER, Jorge von, «Un fabulista fabuloso», *Los Universitarios,* México, diciembre de 1981.

Lo demás es silencio.

SHAKESPEARE, *La tempestad*[1]

[1] El autor, o alguien sugerido por Eduardo Torres en el *Addendum* final, ha cometido maliciosamente el «error» de atribuir a *La tempestad* lo que en realidad se encuentra en *Hamlet. Lo demás es silencio* son las últimas palabras que Shakespeare pone en boca de Hamlet.

Epitafio* [2]

AQUÍ YACE EDUARDO TORRES
QUIEN A LO LARGO DE SU VIDA
LLEGÓ, VIO Y FUE SIEMPRE VENCIDO
TANTO POR LOS ELEMENTOS
COMO POR LAS NAVES ENEMIGAS

---

[2] *Epitafio*. El libro comienza con esta reminiscencia del final del *Quijote* y del epitafio puesto en la tumba del caballero por Sansón Carrasco:

«Yace aquí el hidalgo fuerte / que a tanto estremo llegó / de valiente, que se advierte / que la muerte no triunfó / de su vida con su muerte, etc.»

Recuerda también los epitafios del final de la primera parte. Monterroso se declara constantemente admirador de Cervantes, y es éste, sin duda, un homenaje a su libro favorito.

Con el subtítulo *La vida y la obra de Eduardo Torres* da a entender que la obra consiste en una biografía, y muchos lectores así la han tomado. Esta apariencia ha contribuido a que el personaje Eduardo Torres constituya para muchos un misterio. Hasta el día de hoy el autor se ha negado a declarar si Eduardo Torres es un personaje de su invención o si ha existido o existe en algún lugar, si bien en algunas entrevistas dice haberlo visitado. Se ha pensado también que pudiera tratarse de una novela de clave, pero el autor no ha autorizado esa suposición. En todo caso, sobre la biografía imaginaria como género y en relación a *Lo demás...,* véase Wilfrido H. Corral, *Lector, sociedad y género en Monterroso,* Universidad Veracruzana, 1985, 228 págs.

* El padre Benito Cereno, cura párroco de San Blas tiene depositado, en la urna funeraria correspondiente, el epitafio de Eduardo Torres. Compuesto por el propio Torres, será grabado algún día en su lápida. Contra su deseo, casi todo lo suyo empieza a conocerse antes de su muerte, que esperamos aún lejana. Otros eruditos samblasenses consultados quisieron

ver en este epitafio, aparte de las acostumbradas alusiones clásicas tan caras al maestro, una nota más bien amarga, cierto pesimismo, ineludible ante la inutilidad de cualquier esfuerzo humano[3].

[3] El Epitafio está lleno de referencias literarias o supuestamente históricas que entran en el juego de la confusión realidad-ficción. *Llegó, vio y fue siempre vencido.* Variación de las palabras *Veni, vidi, vinci* de Julio César victorioso sobre Farnaces, rey del Bósforo.

Por los elementos. Alusión a la supuesta frase de Felipe II: «Yo no envié a mis hombres a luchar contra los elementos», cuando su Armada, la famosa «Invencible», fue desbaratada por los ingleses en 1588. Hay también aquí un recuerdo de Cervantes, quien, como se sabe, trabajó en la preparación de dicha armada. En «Llorar orillas del río Mapocho», de *La palabra mágica,* se hace asimismo alusión a esto.

Benito Cereno. Recuerda al personaje Benito Cereno de la novela de Herman Melville del mismo nombre.

San Blas. En América Latina y en España existen no menos de 800 pueblos llamados con este nombre. Aunque en el curso del libro se añaden a él las iniciales S. B., que significarían obviamente otra entidad federativa (Estado) denominada San Blas (práctica muy común en México), el autor se ha negado a revelar la situación precisa de este pueblo, que por algunas de sus características (ver Testimonio de Luis Torres), bien podría ser una gran capital.

Otros eruditos samblasenses. Nueva referencia al final de la Primera Parte del *Quijote.* «Eruditos samblasenses», réplica de los Académicos de la Argamasilla.

PRIMERA PARTE [4]

TESTIMONIOS

---

[4] *Primera parte.* La obra se divide en cuatro partes, más un *Addendum,* un Índice de nombres, una Bibliografía, el registro de Abreviaturas usadas en ella y el Epitafio ya comentado. Según el autor, la cuarta de cubierta de la primera y sucesivas ediciones (que reproducimos también como cuarta de cubierta de esta edición), firmada por el Licenciado Efrén Figueredo, es parte constitutiva de la obra, y por ello este personaje figura a su vez en el Índice de nombres. Véase nota 41.

Un breve instante en la vida de Eduardo Torres

por Un Amigo*

Son las once y cincuenta minutos de la mañana de uno de esos días de verano tan abundantes en nuestra región.

En la espaciosa sala-biblioteca de la casa No. 208 de la calle de Mercaderes, de San Blas, S. B., muy al fondo, en un inconfortable sillón de cuero negro más que raído ya por el inexorable paso del tiempo y el incesante uso, pero aún en relativo buen estado de acuerdo con la digna pobreza de su actual poseedor, descansa muellemente sentado un hombre a todas luces incómodo, cuya edad debe de andar con seguridad alrededor de los cincuenta y cinco años, si bien a un observador poco atento podría parecerle quizá más o menos mayor, por la indudable fatiga[5].

Sólo un extraño tic de claro origen psicosomático que le hace contraer la mejilla izquierda cada quince o veinte se-

---

* En realidad Juan Islas Mercado, conocido también en San Blas por el apodo familiar de Lord Jim (clara alusión literaria a las iniciales de su nombre, que en San Blas por supuesto todos entienden y celebran), ex secretario privado de Eduardo Torres, quien desea así permanecer en el anonimato.

[5] *Descansa ... fatiga.* Frase en que los téminos se contradicen uno al otro. Este procedimiento será usado por el autor a lo largo de toda la obra y constituirá la principal trampa de que el lector deberá cuidarse (a la vez que disfrutar) durante la lectura. Prácticamente no existe en toda la obra una sola línea que no conlleve esta carga oculta.

gundos; tic, dicho sea de paso y por vía de mera información, popular en San Blas entero por los malévolos chascarrillos que originó en días más felices, pero que este ser ajeno a cualquier clase de envidia era el primero en celebrar; sólo ese tic, decíamos apenas unas líneas antes, interrumpe con intermitencias más bien raras la serena actitud pensante que se adivina en aquel rostro no sólo cetrino sino agitado en lo interior, en números redondos, por mil pasiones.

De cuando en cuando su fría mirada, difícil de resistir como muy pocas entre muchas, deja su acero y se evade del volumen que en ese momento lee, para después de breve instante ir a posarse ya sea vaga o bien meditativamente en un amarillento busto de Cicerón, que a su turno y a través de los siglos domina ahora con los ojos en blanco aquel amplio recinto de paredes cubiertas con libros delicadamente encuadernados en piel, la totalidad de los cuales, según es fama en los mentideros intelectuales de San Blas, ese hombre divagado ha leído por lo menos dos veces.

Su mente reposa entonces durante cortos momentos y un *rictus* de profunda amargura aflora en sus labios por demás delgados y, si uno se fija bien en las comisuras, tremendamente expresivos.

Por el alto y espacioso ventanal irrumpen en acelerado tropel varios rayos de sol, de los cuales cinco o seis han ido a anidar amorosamente en la altiva cabeza más bien encanecida de nuestro biografiado. Las diminutas partículas de polvo que pueden verse revolar al trasluz nos hablan, recordando a Epicuro, de la pluralidad de los mundos. Por si esto fuera poco, presidiendo ese extraño espectáculo, y enmarcado también por infolios de toda especie, puede contemplarse en la pared que da a uno u otro lado conforme se entra o se sale, un enorme retrato al óleo del objeto de estas líneas, pergeñadas con el temor propio de aquel que, como es mi caso, toma la pluma con el temor propio del caso.

Diez minutos después, la esperada Comisión de Notables de San Blas, compuesta en su mayoría por dos o tres intelectuales, algún poeta, dos comerciantes, y políticos de

62

todas las capas sociales, hace su sorpresiva aparición justo a la hora convenida: las doce m.

Eduardo Torres (pues para decirlo sin rodeos el personaje que con tal trivial paleta he tratado de figurar a lo largo de estas páginas no es ni podía ser otro que él) los recibe, como es su inveterada costumbre, con afabilidad circunspecta, pensaríase ligeramente solemne. En esta forma abraza y saluda a cada uno por sus nombres de pila, entre los cuales resulta fácil observar que «Pancho» no es el menos común, y a todos ofrece gentilmente una silla, ora con un gesto, ora con otro.

Cuando los elaborados movimientos y ademanes preliminares propios de estas ocasiones han concluido, y cuando ya todos los visitantes descansan en sus asientos mientras acomodan un poco los cuellos con ademán nervioso, Eduardo Torres se dispone a escuchar y adopta una vez más esa actitud sosegada pero expectante que lo ha acompañado a través de su reconocida existencia.

Y en verdad que el momento no es para menos. Los emisarios, representantes de las fuerzas vivas del Estado, se miran casi al soslayo unos a otros, quizá turbados como nunca. Se escucha en el recinto, entre el aclarar de las gargantas y otros ruidos inherentes al caso, el vuelo de una mosca[6] pertinaz que gira inquieta alrededor de la cabeza del marmóreo y difunto tribuno, testigo cercano, aunque ahora por desgracia mudo, de la escena.

En ese instante el Dr. Rivadeneyra, designado por lo visto, aparte de los discretos codazos que visiblemente sus

---

[6] *El vuelo de una mosca.* Las moscas juegan un papel muy importante en la obra de Monterroso. Desde la mosca «que soñaba que era un águila» en la fábula de este nombre de *La Oveja negra y demás fábulas* (Joaquín Mortiz, varias ediciones; Seix Barral, varias ediciones), las moscas aparecerán en su obra, principalmente en *Movimiento perpetuo* (Joaquín Mortiz, varias ediciones; Seix Barral, varias ediciones), como símbolos del Mal tras su apariencia doméstica, familiar y de todos los días, en contraposición a los tradicionales cuervos (Poe) y ballenas (Melville), que para Monterroso son más bien la representación de la inocencia, lo que, respecto a las últimas, ha venido a confirmar la ciencia moderna. Más moscas se encontrarán a lo largo de *Lo demás...*

compañeros le daban para animarlo, vocero de la Comisión, pide a Eduardo Torres con claras razones y encendidos elogios a su personalidad, honestidad y sapiencia, lo que San Blas en pleno sabe que va a pedirle en nombre del pueblo entero: que acepte la candidatura a Gobernador de nuestra más que sufrida entidad federativa.

Eduardo Torres escucha impasible su propio encomio. A no ser por el tic de marras conocido ya de nuestros lectores, diríase quizá metafóricamente que se ha vuelto de piedra. La rauda y bonita descripción de sus brillantes cualidades, así como la casi interminable enumeración de los males que desde el inicio de los tiempos aquejan a San Blas debido a la vesania de falsos gobernantes, a las inundaciones y a los caciques que semana a semana han hundido a nuestro Estado en la anarquía y el caos, lo dejan impertérrito, indiferente, sabiendo, como lo sabe por experiencia, que el principal enemigo de los poderosos, aunque oculto como todo lo falso y endeble, no es otro que su propio poder.

Desde atrás de la espesa y pesada cortina de tonos vagamente grisáceos en que me oculto pistola en mano, listo para repeler, antes que otra cosa suceda, cualquier sorpresiva agresión, veo cómo Eduardo Torres, apoyando las palmas de las manos en ambas piernas y ejerciendo con los brazos la necesaria presión sobre éstas para hacer más fácil la sencilla maniobra, en un gesto muy suyo, mirando como distraído al techo y silbando muy sucesivamente una tonada de moda, se pone de pie con lentitud, mira simultánea y fijamente a los ojos de cada uno de los miembros de la Comisión y, por último, utilizando como es su costumbre las razones más corteses, que ellos, se adivina, están dispuestos a aceptar de antemano con esa resignación que sólo puede dar el previo reconocimiento de lo irreparable, les responde sencillamente que no, que su misión es otra, y que ésta no consiste sino en difundir sin descanso las ideas, cualesquiera que éstas sean y dondequiera que se encuentren; en defenderlas como cumple a todo ciudadano, en el campo que a él en lo personal el destino le ha deparado, sin abandonar imprudentemente su legítima trinchera*; en atender sin desmayo la sed natural de saber que hasta el hombre o mujer más humildes traen a, y se llevan de, esta vida, pero sin pretender en ningún caso que dicha sed, por insaciable que sea, les otorgue derechos o prerrogativas que vayan más allá de la simple satisfacción de la misma, y barruntando a lo lejos la sospecha de que, irremediablemente, cualquier poder acarrea consigo una responsabilidad a todas luces ajena al ejercicio del pensamiento.

—Tate, tate[7], caballeros —les dice firme por último con el brazo ya en alto y el índice febrilmente agitado—; vámonos poco a poco. Sé, como ustedes, que la mejor manera de acabar con las ideas ha sido siempre tratar de ponerlas en práctica. Dejen ustedes que el libro cumpla la natural función que le está encomendada sin desviaciones ni halagos. Si el César[8], con todo lo poderoso que es, y retomando su papel o papiro, quiere leer, que lea. ¿Quién podría impedírselo? El mío es, por supuesto, señores, más modesto; y aun cuando veo en el generoso ofrecimiento de ustedes una especie de palma de la victoria sobre los vicios que aquejan a nuestro Estado, advierto que no debo convertirme temerario en el objeto de mi propia censura que, *mutatis mutandis*[9], *castigat ridendo mores*[10].

—Sean otros —continuó después de breve pausa acompañada de un suspiro—, quizá más afortunados o más aptos que yo, como Viro Viriato, que de la noche a la mañana se convirtió en un gran general, los nuevos Cincinatos[11]

---

* La cátedra, el periodismo.

[7] *Tate, tate.* «¡Cuidado!» Reminiscencia de la cuarteta que, según Cervantes, Cide Hamete Benengeli aconseja decir a su pluma a quienes quieran escribir otras aventuras de don Quijote (*Quijote,* II, LXXIV):

«¡Tate, tate, folloncicos! / De ninguno sea tocada, / Porque esta empresa, buen Rey, / Para mí estaba guardada.»

[8] *El César.* Por el dueño del poder.

[9] *Mutatis mutandis.* Locución latina: Cambiando lo que hay que cambiar.

[10] *Castigat ridendo mores.* Sentencia horaciana que el poeta francés Jean Santeul propuso (1630-1697) como divisa o lema de la comedia: «Corrige las costumbres riendo.»

[11] *Cincinato,* Lucio Quinto. Romano célebre por su sencillez y costumbres austeras. En 458 a. de C. fue nombrado dictador para que rescatara un ejército sitiado; lo logró, y después de ejercer la dictadura durante die-

o Cocles[12]. Permítanme, pues, se lo suplico, no cruzar este Rubicón reservado históricamente a los Julios, y volver a mi retiro de siglos, desde el cual, lejos del mundanal aplauso, podré servir mejor a mis felices conciudadanos y vencer en mí mismo lo que todo clásico sabe que es lo más difícil de vencer en cualquier lid: la ambición y los halagos de la cosa pública. Prefiero mil veces ser como hasta ahora el tercero excluido[13] y vivir a la sombra de la caverna de Platón[14] o del árbol de Porfirio[15], que salir a la plaza del mundo a cortar falsos nudos gordianos[16] ya no digamos con la espada, símbolo del poder que de ninguna manera me corresponde, pero ni siquiera con la modesta navaja de Occam[17], por afinada y sutil que ésta se suponga. *Dixi*[18].

---

ciséis días renunció a la vida pública. Cónsul en 460. Se cuenta que los lictores que le llevaron las insignias de cónsul lo encontraron en su casa de campo, cerca del Tíber, manejando él mismo el arado.

[12] *Cocles,* Publio Horacio. Héroe romano legendario celebrado por su defensa, él solo, del puente Sublicio, sobre el Tíber, contra los etruscos; habiendo perdido allí un ojo, se le apodaba «el Tuerto». Don Quijote alude a él en *Quijote,* I, V.

[13] *Tercero excluido,* principio del. «Baumgarten fue el primero en dar tal nombre a este principio y en considerarlo como autónomo con referencia al principio de no contradicción *(Met.,* 1739, # 10), aun cuando ya Wolff hablara de la «exclusión del medio entre los contradictorios como de un corolario del principio de no contradicción». (Nicola Abbagnano, *Diccionario de Filosofía.)*

[14] *Caverna de Platón.* «Mito expuesto por Platón en el libro VII de la *República,* según el cual la condición de los hombres en el mundo es parecida a la de los esclavos atados dentro de una caverna, que pueden distinguir solamente las sombras de las cosas y de los seres que están fuera de la caverna y que se proyectan en el fondo de la misma.» *Ibídem.*

[15] *Árbol de Porfirio.* «Célebre esquema o modelo de definición por dicotomías sucesivas, que descienden del género más general a las especies ínfimas (sustancia: corpórea, incorpórea; sustancia corpórea (cuerpo): animado, inanimado; cuerpo animado: sensible, insensible.)... Si bien tal "árbol" no se encuentra precisamente en los manuscritos de Porfirio, fue construido a partir del texto porfiriano y se encuentra en todos los tratados medievales de lógica.» *Ibídem.*

[16] *Nudos gordianos.* Dícese del nudo que sujetaba el yugo a la lanza del carro de Gordio, campesino elegido rey de Frigia. Habiendo vaticinado un antiguo oráculo el dominio de Asia a quien deshiciera este nudo, Alejandro Magno lo cortó sin más con su espada.

[17] *Navaja de Occam.* «Se puede decir que el principio de la Economía es formulado por vez primera por Occam en el siglo XIV con las fórmulas

A estas alturas sobra decir que tal respuesta (para no hablar ya del largo silencio que la siguió durante breves segundos), contada hoy en primera instancia y, por otra parte con tan escasa pluma por quien la presenció íntegra sin añadir o suprimir ni siquiera una coma, hizo salir a aquellos individuos cabizbajos y con la cola entre las piernas, como cuando en las tardes, a la luz mortecina del crepúsculo, el rebaño, que escucha atento la voz de los pastores, se va recogiendo paso a paso[19].

Pluralitas non est ponenda sine necesitate y *Frustra fit per plura quod potest fieri per pausiora.* De ello se sirvió constantemente Occam para eliminar muchas de las entidades admitidas por la escolástica tradicional; así, por ejemplo, la *especie* —sensible o inteligible— como intermediaria del conocimiento. Más tarde fue expresado este principio, con el nombre de *navaja de Occam,* mediante esta fórmula: *Entia non sunt multiplicanda praeter necessitatem,* fórmula que se encuentra a partir de la *Logica vetus et nova* (1654) de Clausberg.» *Ibíd.*

[18] *Dixi.* En latín. He dicho.

[19] *Con la cola entre las piernas... se va recogiendo paso a paso:*
Así, cierra su informe con una paráfrasis de los últimos versos de la *Égloga Primera* de Garcilaso:

«la sombra se veía / venir corriendo apriesa / ya por la falda espesa / del altísimo monte, y recordando / ambos como de sueño, y acabando / el fugitivo sol, de luz escaso, / su ganado llevando, / se fueron recogiendo paso a paso.»

E. Torres, un caso singular

por Luis Jerónimo Torres

Contra lo que podría parecer por el extraño título de estos recuerdos, E. Torres no es un caso singular en el viejo terruño.

Por su inclinación a las letras clásicas, que llevó siempre con sofisticada afectación, por su sentido de la justicia, por su hombría de bien, rayana con un machismo bien entendido, reconocido ya por tirios y troyanos puestos de acuerdo por primera vez en la historia, E. Torres no se diferencia en nada de la mayoría de los directores de suplementos culturales[20] al ofrecernos la lectura de obras y polémicas ajenas en cualquier caso a temas políticos que en el fondo corrompen, como quería Sócrates, a la juventud, y no hacen más que dividir a la izquierda y a la derecha, con el único resultado de que posteriormente ninguna de las dos sepa ya maldito lo que hace la otra.

Desde que E. Torres fundó el Suplemento Dominical de *El Heraldo de San Blas,* rotativo que, como la luz de esas estrellas que los astrónomos registran en su telescopio después de millones de años de extinguidas, sigue iluminando los hogares samblasenses aún después de quince o veinte minutos de leído, nuestro periodismo dio un gran vuelco al recoger en sus columnas, sin distinción de sexo, moral

---

[20] *Suplementos culturales.* Secciones de los periódicos diarios, generalmente semanales, que recogen los sucesos literarios, plásticos, musicales, culturales en general, de mayor relevancia. En España y Latinoamérica han venido a sustituir a las antiguas revistas literarias. Durante mucho tiempo Eduardo Torres dirige el Suplemento Dominical de *El Heraldo de San Blas,* desde el que ejerce su magisterio y su poder a través de la crítica. Es de este suplemento de donde Monterroso dice haber rescatado la mayor parte de la obra conocida de Eduardo Torres.

alguna o ideología, ya no sólo lo que nuestro Estado produce, sino los aportes de las nuevas generaciones de los alrededores, sin contar con la producción del samblasense de fuera y hasta del español o hispanoamericano de dentro, pues no todo ha de ser rencor con el pasado, rencillas mal entendidas y desestabilizadoras llamadas a saturarnos o a crear un caos artificial ahí donde ese caos existe ya en forma por demás natural y amena.

Por lo que a mí respecta, hace tiempo que abandoné San Blas y vivo aquí[21], en donde ejerzo el periodismo, no diré que sin eficacia, pero sí con modestia. Mis ambiciones de novelista y poeta quedaron atrás a medida que las necesidades económicas, los amigos demasiado amigos y cierta inclinación, para qué es más que la verdad[22], a la cantina, fueron poniéndolas en su verdadero lugar. Tal vez incluso como periodista no goce de mucho público, pero sé que no me faltan lectores. Del periodismo me gustan varias cosas, entre otras, la diversidad de temas que se puede abordar. Esto siempre le da a uno la oportunidad de ocuparse de cualquier cosa: un libro, un asesinato, un acto político y, de vez en cuando, la de celebrar a alguien que ha llegado más alto que uno y a quien uno trató más que de cerca, como es el caso ahora. Aunque aquí no se me permitió, me agrada también del periodismo la posibilidad de usar seudónimos. Durante mi carrera yo he usado varios, quizá decenas. A veces ni mis más íntimos amigos saben que de quien se están burlando cuando comentan conmigo determinado artículo, es de mí. Aparte de divertirme, esto me enseña dos cosas: una, a ser humilde; otra, que sólo el renombre de quien las emite hace que ciertas ideas valgan algo. De nada sirve declarar que el mundo es injusto si uno no ha adquirido el derecho de lanzar ese lugar común con la fuerza de una verdad recién descubierta. De esta manera, es probable que el lector encuentre aquí puras verdades sabi-

---

[21] *Vivo aquí.* Luis Jerónimo Torres no es lo suficientemente preciso como para hacernos saber en qué ciudad o país vive.

[22] *Para qué es más que la verdad.* Mexicanismo por a decir verdad, dicho sin hipocresía.

das que lo cansen desde la primera página, pues estarán dichas por alguien a quien jamás ha oído mencionar, sin contar con que probablemente todo se ha dicho ya de E. Torres.

Para documentar estos recuerdos, hace tres semanas me di una vuelta por San Blas, que no pisaba desde hacía años. En cortos ocho días me metí una tarde a la Municipalidad a buscar un acta (que no encontré), usé el Metro, escuché un concierto en Bellas Artes, recorrí dos museos, oí las conferencias del poeta famoso, vi una corrida de toros[23], fui a la casa alegre de otros tiempos, en donde dos antiguas amigas hicieron regocijadas remembranzas de Eduardo y del mambo, y visité a viejos conocidos que coincidieron en que yo estaba igualito que antes.

San Blas, ciudad grande con los encantos de un pueblo chico y al revés. Pensé cómo sería este lugar hace cuatrocientos cincuenta años, cuando el capitán Pedro de Enciso[24] estaba seguro de que en el cerro llamado hoy San Blas (que después resultó ser una pirámide del más puro estilo quipuhuaca[25]) se iniciaba una larga cadena de ricos yacimientos de oro, creencia que lo acompañó hasta la hora de su muerte (los niños de la escuela saben que antes de expirar atravesado por la espada de su entrañable amigo Luis de Olmedo, quien más tarde fue hecho ahorcar por Diego de Duero, muerto por pelota de arcabuz cuando la deserción de Fernando de Oña, fallecido a su vez a consecuencia de la gangrena producida por la puñalada que le propinó su cuñado el famoso regidor Velasco en ocasión del levantamiento de Anselmo de Toledo que culminó con el degüello de los diecinueve traidores que siguieron la suerte de su

---

[23] *Metro, Bellas Artes, corrida de toros.* Tres datos que han hecho suponer a varios críticos que San Blas no es otro que la ciudad de México.

[24] *El capitán Pedro de Enciso ... García Diéguez de Paredes.* Personajes ficticios. Sin embargo, tras ellos, y con nombres y apellidos intercambiables, el autor recuerda la realidad de la forma en que los conquistadores de América se relacionaron unos con otros.

[25] *Pirámide quipuhuaca.* Pirámide imaginaria. *Quipuhuaca* es palabra inventada por el autor con elementos de idiomas andinos. No existe, pues, ningún estilo quipuhuaca, excepto en la fantasía de Luis Jerónimo Torres.

jefe García Diéguez de Paredes, natural de Huelva, el célebre «Manos de Plata», llamado así por su reconocida habilidad y buena mano para preparar el mejor chorizo de Huelva que se había comido en el Nuevo Mundo; los niños de la escuela saben, repito, que antes de expirar, Pedro de Enciso se incorporó trabajosamente en su lecho, tomó su espada tembloroso y señalando con ella hacia el Norte[26] pronunció su famosa frase, constituida al mismo tiempo por sus últimas palabras, alargando lo más que pudo la segunda, como si con ello quisiera prolongar aunque fuera un instante la poca vida que le quedaba: «¡El ooooooooooooooro!», frase que, aparte dos petos funerarios finamente labrados que encerraba la pirámide, nunca se justificó).

Así, por la alucinación de un moribundo, o sobre una ilusión a manera de primera piedra, al pie de aquel falso cerro fue fundada San Blas y bautizada tal en honor del santo del día[27], en el extenso valle llamado también de San Blas, pues parece que ni los compañeros de Enciso ni sus sucesores pecaban de imaginativos, y de esta manera tenemos que el riíto que bordea la ciudad fue denominado desde entonces río San Blas, como hoy el ballet local se llama Ballet de San Blas; la ópera, Ópera de San Blas; y el campo de fútbol, el aeropuerto, la plaza de toros y el Estado mismo se llaman San Blas; o quizá los samblasenses hayan escogido en aquel tiempo y escojan aún para cualquier cosa este nombre por ser entre todos el más eufónico y fácil de recordar: San Blas, S. B.

Ahora se me ha pedido esto que de ninguna manera me atrevería a llamar apólogo o retrato en momentos en que la edad y el hastío me impiden hacerlo no sólo con la maes-

---

[26] *El Norte.* En México se llama El Norte a los Estados Unidos. Puede haber en esto una alusión velada al afán actual de mirar hacia el Norte en busca de soluciones monetarias.
[27] *Del santo del día.* San Blas, obispo mártir de Sebaste (Albania). Nacido en 316. Fiesta el 3 de febrero. La ciudad de San Blas, S. B., fue fundada, según esto, un 3 de febrero, a principios del siglo XVI.

tría que el tema reclama sino incluso con la proverbial modestia de que desgraciadamente carece, pues tanto el vulgo como el público en general creen que un trabajo así es cosa de todos los días, como si el ejemplo de un Cervantes ante el prólogo en blanco[28] no fuera bastante a desanimar al menos pintado de los retratistas. Mas de este tipo de falsas interpretaciones está empedrado el camino del éxito.

¿Qué podría decir yo en elogio de un pariente aún vivo que no lastimara su modestia; o qué en su contra (pues no siempre, debo admitirlo, compartí sus ideas, y aun hoy mismo, *in vino veritas*[29] como de costumbre, estoy seguro de que mucho del ruido que se hace en torno de ellas es exagerado) que no se me pudiera reprochar como fruto de la envidia fraternal por la fama de quien desde muy niño nos opacó a todos?

Volviendo al tema, en la familia nosotros siempre fuimos cinco hermanos, casi todos mujercitas, menos mi hermano y yo. Pero en fin, esto fue pura obra de la Naturaleza, un mérito ajeno, de manera que no insistiré en el asunto.

Otra cosa: sólo quien ha sido provinciano de veras es capaz de ponderar la lucha que la provincia libra día y noche por una o por otra de las dos culturas[30]. La provincia es la patria, dijo Eduardo. Sólo una patria así, añadió, puede ser fiel a sí misma[31], la más difícil de todas las fidelidades. Y mi hermano ha sido siempre fiel a su fidelidad a sí mismo, convencido como estoy de que jamás se ha tracionado

---

[28] *Cervantes,* en el Prólogo de la Primera Parte de *Don Quijote* finge estar perplejo ante las dificultades que se le presentan para escribir su prólogo. Luis Jerónimo Torres lo imita en esto.

[29] *In vino veritas.* Latín. La verdad se encuentra en el vino. Los borrachos dicen la verdad.

[30] *Las dos culturas.* Alusión a la obra de Sir Charles Percy Snow (1905-   ), novelista y científico inglés, titulada precisamente *Las dos culturas,* y en la que se sostiene que los hombres de ciencia ingleses están demasiado separados del resto de las personas cultas.

[31] *Fiel a sí misma.* La fidelidad al *ser* provinciano como sinónimo de patria es un tópico recurrente en la literatura latinoamericana, a veces tratado en forma genial como en el poema «La suave patria», del mexicano Ramón López Velarde (1888-1921).

sosteniendo la misma idea o concepto por más de una hora o veinticuatro, a lo sumo. Sé que en los discursos escolares o meramente oficiales es éste el aspecto que con más originalidad se le elogia. Pero él no se inmuta: todos sabemos qué clase de sinceridad hay en los discursos escolares u oficiales, y si no lo aplaudieran él estaría inseguro de haber dicho cualquier verdad, mentira, o cosa inteligente.

Pero a lo nuestro.

Mi hermano nació *ab ovo* [32], o sea desde el huevo, como decía Leda según Homero, en San Blas, fruto de un parto feliz. Se trata de un niño robusto, aunque algo feo y de piernas más bien demasiado largas, que duerme tranquilo y a sus horas. Pronto tuvo su primer diente, pero es el día de su primer cumpleaños el que será recordado siempre, porque en el momento en que todos los invitados le pedían con entusiasmo que apagara la velita, una tía lo dejó caer (se sospecha que involuntariamente) contra el suelo, y él tardó eso de media hora en volver en sí. Más tarde sus padres temieron sin razón aparente que esto pudiera haberlo afectado, sobre todo porque a la edad de cinco años no había pronunciado aún su primera palabra, que finalmente no fue ni «papá» ni «mamá», sino «libro». De ahí en adelante habló todo y aprendió a leer en mes y medio. A partir de entonces leía cuanto caía en sus manos, pero especialmente libros y los papeles que encontraba en la calle [33]. Todavía hoy se cuenta que los empleados de la Biblioteca se asombraban de ver llegar todas las tardes a aquel niño de pantalón corto a pedir volúmenes de historia o ciencia,

---

[32] *Ab ovo.* Latín. Desde el huevo, literalmente desde el principio. Horacio, en su *Arte poética,* 147, alude con estas palabras al huevo de Leda, de donde salió Helena de Troya. Con ellas aprueba y alaba que la *Ilíada* de Homero comience con un episodio del sitio de Troya (la cólera de Aquiles) en vez de empezar desde el nacimiento de Helena, como quien dice, *ab ovo.* En boca de Luis Jerónimo Torres implica en tono de burla que va a contar la historia de su hermano Eduardo abundando en detalles desde su más tierno principio.

[33] *Los papeles que encontraba en la calle.* Alusión a la declarada afición de Cervantes a leer aun los papeles rotos que se encontraba en la calle *(Quijote,* I, IX).

entre los que se conservan varios con algunas de sus marcas, particularmente de chocolate o, en ciertos casos, de una materia más tenue que ha logrado identificarse como saliva acaramelada. Luego vinieron años algo oscuros por falta de datos o recuerdos familiares; pero después se registra la rubéola y ligeras manchas faciales que desaparecieron en su primera o segunda oportunidad. La etapa infantil se cierra con cierta curiosa y repentina regresión a la falta de control de esfínteres, atribuida entonces por miembros de la familia a las siguientes causas: *a*) falta de carácter; *b*) capricho; *c*) afán de molestar; *d*) sobra de carácter; *e*) frío; *f*) afán de llamar la atención; *g*) herencia paterna; *h*) herencia materna; *i*) falta de afecto; *j*) imitación de otros niños; *k*) mimo excesivo; *l*) calor sofocante; *m*) razones desconocidas; *n*) exceso de bebidas refrescantes, en su caso; *o*) exceso de comidas irritantes, en su caso; *p*) temores nocturnos; *q*) insomnio; *r*) sentimiento de abandono; *s*) fatiga; *t*) agresión; *u*) rencor contenido; *v*) simple deseo; *w*) alergia al ambiente; *x*) nueva etapa anal; *y*) fantasía; *z*) todas estas causas juntas.

Es bueno recordar que desde el primer día Eduardo amó entrañablemente a sus padres, cardadores de lana o no [34], y que muy pronto, a pesar de las inclemencias del tiempo y de las resistencias naturales, preparó su espíritu en el estudio de los clásicos, incluyendo griegos, españoles y latinos. (En San Blas se recuerda todavía con cariño, a pesar de las envidias existentes en todo lugar común como el nuestro, su infantil traducción del apotegma *dura lex, sed lex* [35]:

---

[34] *Cardadores de lana o no*. Referencia al supuesto oficio de los padres de Cristóbal Colón.

[35] *Dura lex, sed lex*. Latín. La ley es dura pero es la ley. Luis Jerónimo Torres, aparentemente elogiándola, si bien llamándola infantil, trata de exhibir la pomposa traducción del apotegma hecha por su hermano al estilo, aquí satirizado, de las traducciones españolas y latinoamericanas del siglo XIX. Monterroso trata también este tema en «Poesía quechua» de *La palabra mágica*. Véanse las posibles formas de traducir explicadas por el propio Eduardo Torres en «Traductores y traidores», en esta misma obra.

Por más que con frecuencia
la Ley vaya en tu contra
tu deber es seguirla
por tu bien y tu honra,

que los romanos aplicaban en toda ocasión siempre que fuera necesario para salirse con la suya.)

En cuanto a su juventud, es difícil hallar en todo San Blas a alguien que no haya perdido la oportunidad de observar hasta qué extremo eran pocos los libros que su curiosidad no hubiera dejado de investigar, incluso en un medio en que aquéllos escaseaban en tal forma que, como el mismo E. Torres diría más tarde en inolvidable oportunidad que mi memoria me impide recordar en este o en cualquier momento, resultaba difícil y aun imposible (para decirlo de una buena vez) no dejar de encontrarse con la inexistencia de las mejores y más escogidas obras de nuestra lengua, hoy (viernes) en decadencia pero en aquellos días casi en todo su apogeo. Así, puede afirmarse que su formación clásica le vino más de un recordar, como no olvidaba Platón [36], que de las carencias del ambiente; pero también es cierto que cuando esa insaciable sed existe es imposible no eludir la tentación, unida al natural deseo, de aplacarla.

Pero Eduardo la aplacó pronto, quedándose únicamente con el más allá. Ultratumba le gustaba mucho. Varios de sus más claros aforismos que, según se me informa, en este libro se recogen sólo en parte (pues existen otros como el más bien repugnante relativo a la atracción de los sexos), constituyen un escondido tesoro de verdades sobre la vida subterránea.

Y, no obstante, hay que decir que este campo espiritual tampoco lo retuvo largo tiempo en sus manos, pues para el espíritu inquieto con los pies bien puestos sobre la tierra es difícil desprender éstos de la misma, como no sea

---

[36] *Un recordar, como no olvidaba Platón.* Retruécano y alusión a la doctrina platónica según la cual cualquier aprendizaje es sólo el recuerdo de algo olvidado.

con argumentos de gran peso. (Aquí sería necesario pedir disculpas; mas siendo la digresión uno de nuestros pequeños fuertes o tentaciones, carecemos de la suficiente fuerza para abandonarnos a la debilidad de eludirla.)

Ello es, pues, que una vez formada su cultura clásica, un día E. Torres encontró su eureka y se echó a vagar por los campos del espíritu en la búsqueda cada vez más obstinada de una decisiva respuesta a las premiosas interrogantes de nuestro tiempo, que en San Blas no sólo es el mejor del mundo sino incluso uno de los más saludables por lo que a tranquilidad espiritual se refiere. Y ya se sabe, la materia podrá ofrecer sus frutos a aquel que con toda razón los prefiera; pero el espíritu, sin tanto alarde, da por su parte los suyos, que no sólo resultan mucho más amenos sino hasta más duraderos que esos añosos árboles, también frutales, que, ofreciéndole su sombra, rodean por más de un lado nuestra sufrida ciudad*.

---

* Hasta aquí el manuscrito de Luis Jerónimo Torres, quien por escrúpulos de conciencia destruyó, antes de suicidarse, todo lo relativo a la pubertad y demás vida sexual de E. T.

Recuerdos de mi vida con un gran hombre

por Luciano Zamora*

*Nous serions nos valets pour
être nos maîtres* ³⁷.

J.-J. ROUSSEAU

1. Lecturas

Con frecuencia he confirmado esto: joven al que le da por leer, joven perdido, pues ya sea acariciándose cualquier cosa debajo del ombligo, mordiéndose las uñas hasta hacerlas sangrar, o hurgándose los dedos de los pies, pasa las horas acostado boca arriba en su cama hilvanando quién sabe qué imaginaciones, siempre perdiendo el tiempo en su insaciable curiosidad, entusiasmo o compasión por el género humano; pero lo triste es que si por suerte leyó alguna vez a Alejandro Dumas, será para olvidarse más tarde de D'Artagnan; si leyó a Victor Hugo, para olvidarse después de los miserables; o si leyó la historia de Manón, para olvidar pronto los sufrimientos de las infortunadas putas.

Si lo quieren saber, yo no me he olvidado de todo eso.

---

* Con respeto dedico estos recuerdos a Barbara Jacobs ³⁸.

³⁷ *Nous serions nos valets pour être nos maîtres.* «Seremos nuestros criados (valets) para ser nuestros amos.» El autor no declara si este epígrafe ha sido puesto aquí por Luciano Zamora o por él mismo. En el resto de su obra no hay otros rastros rusonianos, e incluso en una entrevista con la periodista mexicana Margarita García Flores *(Viaje al centro de la fábula),* a la pregunta de si ama el campo, la vida al aire libre, responde tajante: «De ninguna manera.» La cita es del *Emilio.*

³⁸ *Bárbara Jacobs,* escritora mexicana contemporánea, autora de *Doce cuentos en contra, Escrito en el tiempo,* etc.

Pero ahora podría pensar que si un joven se burla en su cara de cualquier policía, ese joven es un loco; que por lo general los pobres huelen mal; y que si uno se descuida las putas le pueden robar los pocos pesos que lleve en el bolsillo. ¿Así que el entusiasmo febril o las lágrimas que la lectura de estas cosas inspiran en la juventud pasan y se alejan tranquilamente como las sombras, los barcos y las nubes?[39].

Desde el día en que llegué a San Blas procedente del campo y sin un centavo con que entregarme rápido a toda clase de locuras y diversiones como mi juventud lo demandaba, hasta aquel en que años después la abandoné en busca de mejores horizontes, trabajé como secretario y ayuda de cámara, o valet, según a él le gustaba llamarme, del doctor[40] Eduardo Torres, personaje ya demasiado conocido, apreciado y vilipendiado en aquel infecto pueblo como para que yo me ponga en este momento a hacer una lista de sus méritos o el panegírico de su obra, casi tan difundida, elogiada o vituperada como él mismo. Baste decir que aunque de acuerdo con la opinión más general nunca se logrará saber con certeza si el doctor fue en su tiempo un espíritu chocarrero, un humorista, un sabio o un tonto[41], lo más probable es que cada oportunidad en que se presentara como cualquiera de estas cuatro cosas haya tenido, por lo menos en ese momento, algo de las otras tres. Pero debo

---

[39] *Como las sombras, los barcos y las nubes. Velut umbra, quasi naves, sicut nubes.* Luciano Zamora parafrasea el Libro de Job: *Sicut nubes* (Capítulo 7, versículo 9), *Quasi naves* (Capítulo 10, versículo 26), *Velut umbra* (Capítulo 14, versículo 2).

[40] *Doctor.* No se dice doctor en qué; pero es en Derecho, según testimonio («iba sacando su carrera de abogado») de Carmen de Torres.

[41] *Un espíritu chocarrero, un humorista, un sabio o un tonto.* Citado por el Licenciado Efrén Figueredo en la cuarta de cubierta de la edición *princeps,* que dice: «Si se pudiera decir aquí lo que el doctor Eduardo Torres significa en el ambiente y en la vida cultural no sólo de San Blas sino de nuestros países en general, lo diríamos. Pero esto no es posible en pocas líneas; tal vez ni en muchos volúmenes. Serán los lectores quienes dictaminen si este hoy famoso personaje, descubierto en San Blas hace más de veinte años por Augusto Monterroso, es, o fue en su tiempo, como dice Luciano Zamora en el lugar correspondiente de este libro, un espíritu chocarrero, un humorista, un sabio o un tonto.»

declarar de una vez por todas que para mí (valet o no valet) [42] el doctor era un héroe, tanto por su saber casi enciclopédico como por su generosidad y el buen trato que siempre me dispensó.

De todos es sabido que durante ese tiempo el doctor se obstinó en que yo me instruyera para que llegara a ser algo en la vida. Sin embargo, a pesar de su insistencia, lo cierto es que yo nunca aguanté más de quince minutos sus libros de derecho o de gramática pues lo que a mí me gustaba era abandonar mi espíritu en alas de la fantasía, y cuando él se marchaba por la mañana y me dejaba encerrado con llave en su biblioteca, en lugar de leer esos libros al parecer inofensivos yo agarraba las mejores novelas de Julio Verne, Victor Hugo, Salgari o, ya en otro género más íntimo, *La dama de las camelias,* y me las leía de cabo a rabo, y no contento con esto las escondía en el pantalón o debajo del suéter, y cada vez que podía me las llevaba en la noche a mi cuarto y, sin que ni él ni nadie se dieran cuenta, en ocasiones la madrugada me sorprendía leyéndolas a la incierta luz de una vela, que por lo regular se venía acabando como a esa hora.

Tengo entonces diecisiete años. No sé qué fuerza me empuja a esto, pero si no leo durante las noches sueño pesadillas o no puedo pegar los ojos, y cuando por casualidad me duerma un rato, a la mañana siguiente despertaré tan cansado que no podré hacer bien mi trabajo en el momento de ayudar al doctor a ponerse el saco [43] o al traerle el bastón, y él como que notará algo raro y mirándome enojado me dirá qué te pasa muchacho cabrón [44], apuesto a que ya te estuviste masturbando, te vas a volver loco [45], y yo en lugar de decirle que sí (ya que también él tendrá razón) inventaré que estuve estudiando civismo, los símbolos pa-

---

[42] *Valet o no valet.* Alusión a la célebre frase «Ningún hombre es un héroe para su valet», atribuida al duque de Condé (1686).

[43] *Saco,* prenda de vestir masculina: americana, chaqueta.

[44] *Cabrón.* Americanismo. Cariñoso, entre amigos: sinvergüenza.

[45] *Te vas a volver loco.* Alusión a la ya anticuada creencia de que las prácticas masturbatorias podían conducir a la locura.

trios, o los límites de San Blas, y él hará como que se deja
engañar, y cuando se marche me volverá a encerrar entre
sus libros, pues insiste en que yo soy su valet-secretario y
no su criado.

Era como para quererlo, ¿no? Pero yo en ese tiempo no
lo sabía.

2. Vagas insinuaciones de algo conocido

En esas circunstancias en que el mundo de los libros lo
absorbe a uno de tal manera que todo lo demás queda excluido o relegado a un plano tan secundario que ni siquiera
vale la pena mencionarlo, el sentimiento por excelencia no
deja de aparecer en cualquier instante o lugar: por la tarde,
en la noche, a la vuelta de la esquina, en la madrugada, en
donde sea y a la hora que sea, pero él aparece. Me refiero
al amor.

El amor, que como una sombra me perseguía desde tiempo atrás en las novelas y en los libros de gramática (metido allí como podía, en los ejemplos de versificación), me
anunciaba que ahora iba a llegar en la vida real, pues si
por casualidad yo veía una flor me quedaba pensativo no
sé por cuánto tiempo hasta que algún ruido me hacía volver en mí; si llovía, peor, porque entonces no pensaba en
nada sino que sólo me ponía triste, sin saber por qué, viendo caer la lluvia a través de los vidrios; y en las tardes de
sol, el simple vuelo de una mosca, y más si eran dos que
jugaban en el aire, me inquietaba extrañamente y mi imaginación se remontaba quién sabe a dónde, pero por lo general hacia algo con formas vagamente femeninas, formas
parecidas a rostros imprecisos que me sonreían desde lejos, o como cuerpos cuyos brazos se extendían hacia mí in-
sinuándose, insinuándome que me acercara a ellos para
abrazarme. Qué días.

3. Felicia

Volviendo a nuestro tema, voy a contar que en la misma calle de Mercaderes, en donde el doctor tiene su casa, vivía en aquel tiempo el licenciado Luis Alcocer con su extraña familia, compuesta por su esposa y sus dos hijas, adolescentes pero ya más inquietas que qué.

Me interesa referir de paso que a esta familia se unió de pronto y sin que nadie lo esperara una empleada de nombre, como después supe, Felicia, de unos dieciséis años, de estatura algo menos que mediana, de facciones regulares pero agudamente marcadas por la total falta de sufrimiento que se adivinaba en ellas, abundante pelo negro que caía sobre sus hombros sensuales en forma de dos gruesas trenzas adornadas con lazos de colores que daban un distinguido encanto a todo el conjunto, labios carnosos siempre entreabiertos y húmedos, en los que se dibujaba una sonrisa más bien enigmática, entre tímida e irónica, como si detrás de su dueña hubiera un paisaje arbolado y rocoso[46], y ojos negros y lánguidos movidos por una gran inquietud interior; quien, a pesar de que no podía decirse que fuera alta, contaba con un cuerpo en extremo atractivo por su natural turgencia, que ella convertía en más atractivo aún cuando en la calle, al ir a hacer el mandado[47], a traer el pan o la leche, movía las caderas con un ritmo muy fuerte y rápido, como diciendo sígueme, o tócame, o agárrame, pero al mismo tiempo fingiendo que no se daba cuenta, que todo era espontáneo, aunque yo sí la observaba y la seguía nervioso con la mirada, fingiendo también que no lo advertía, hasta que, de regreso, entraba en la casa (no sin antes asegurarse de que yo la había visto) muerta de risa, que fue lo que desde el primer momento me volvió loco por ella.

---

[46] *Sonrisa más bien enigmática... paisaje arbolado y rocoso.* Alusión al retrato de Monna Lisa, la *Gioconda,* de Leonardo da Vinci.

[47] *El mandado.* En México y Centroamérica, las compras menudas que las señoras de clase media envían a hacer cotidianamente a sus sirvientas.

4. Móviles ocultos

Respecto a nuestros patrones, quiero informar que en esa etapa de mi vida hubo a mi alrededor mucho odio a causa de la gran cantidad de murmuraciones y chismes que circulaban entre las dos familias, todos alentados por los vecinos, los amigos y los periodistas, que en aquel inmundo pueblo son siempre los mismos, quiero decir que los periodistas, los vecinos y los amigos son sin remedio las mismas personas, y unas veces son vecinos, otras periodistas y otras amigos, pero siempre los mismos, y por eso allí todos lo sabían todo y todo lo sabían entre todos[48].

Como era del dominio público en San Blas, la señora Torres y la señora Alcocer no podían ni verse, y a pesar de que se veían todos los días, entre ellas había una gran animadversión a causa, considerado superficialmente, de la rivalidad profesional de sus respectivos maridos. Pero como siempre hay que profundizar un poco e ir al lado oculto de las cosas, que nunca son lo que parecen ni mucho menos, pues en tal caso nada tendría ningún misterio y la vida sería demasiado fácil y sin chiste [49], yo creo que en el fondo cada una de las señoras prefería al marido de la otra y no se contentaba con el propio, pues si bien es cierto que el doctor gozaba de mayor renombre y fama gracias a ser escritor, por su parte el licenciado era muy bien parecido, y entre las inquietas señoras de San Blas, todas con ganas de dar malos pasos pero algunas aguantándose por el qué dirán, tenía prestigio de conquistador, y hasta varias habían abandonado a sus maridos por él, o sin abandonarlos se habían acostado con él, y entonces a saber qué cosa les daba o les hacía, pues todos se enteraban de que las ponía como

---

[48] *Todo lo sabían entre todos.* Referencia a la divisa del poeta, ensayista y erudito mexicano Alfonso Reyes (1889-1959), autor de *Cuestiones gongorinas, La experiencia literaria, Visión de Anáhuac,* etc.: «Todo lo sabemos entre todos.» Véase Antonio Machado: «¡Lo que sabemos entre todos! ¡Oh, eso es lo que no sabe nadie!», *Juan de Mairena,* 2 vols., edición de Antonio Fernández Ferrer, Madrid, Cátedra, 1986.

[49] *Sin chiste.* Expresión mexicana: Desabrida, sosa.

locas, además de que se sabía que era un gran jugador, unas veces de póker, otras de gin rummy[50] y otras de ruleta, y se decía que unas noches ganaba los miles a montones y otras perdía todo de golpe, hasta su casa o terreno, y entonces sus amigos guardaban silencio cuando subía pálido a encerrarse en el «Caballeros»[51] y durante varios minutos permanecían inmóviles esperando escuchar el pistoletazo, pero él al poco tiempo salía sereno a ocupar otra vez su lugar y ya cerca de la madrugada hacía quebrar la banca con cien o doscientos pesos que alguien le prestaba sobre su anillo de graduación que era de oro y tenía grabado el escudo de la Universidad.

Pero quién puede con las contradicciones humanas. También se murmuraba que la señora Alcocer, esposa de ese gran dandy, lo que deseaba era acostarse con el doctor precisamente por ser éste un hombre sin vicios, tranquilo y casero, con reputación de marido incorruptiblemente fiel, o de dominado por su esposa, lo que a los ojos de la otra lo convertía en doblemente inquietante y atractivo, pues la mujer es por naturaleza corruptora, y no hay nada que deteste más en un hombre que la virtud y siempre hará cualquier cosa por hacerlo caer, y como también es por naturaleza redentora, cuando observa que otra mujer domina al marido, por un instinto que sin saberlo trae desde pequeña se subleva y quiere liberarlo a toda costa, para dominarlo ella, aparte de que por naturaleza a las mujeres las fascinan los hombres famosos, conquistadores o no, fieles o no, y las vuelven tan locas que con poquito tienen para entregarse a un hombre famoso, aunque en muchas ocasiones los tales hombres famosos no resulten tan hombres como ellas se imaginaban; pero ellas se conforman y a veces, por naturaleza, ni cuenta se dan de eso, ni falta que les hace con tal de tener su hombre famoso y que las otras mujeres las envidien. Así es.

---

[50] *Gin rummy. Gin,* también llamado *gin rummy.* Una variedad del *rummy* para dos jugadores, en la cual un jugador con 10 o menos puntos en cartas que no formen el número requerido según las reglas, puede terminar un juego al enseñar la mano.

[51] *«Caballeros.»* Urinario de hombres.

5. Tareas culturales

Ustedes habrán conocido o visto con frecuencia a muchos grandes hombres. Pues bien, cuando la gente ve de lejos a los grandes hombres quién sabe qué se imagina que son, o quizá piensa que en la intimidad se sienten tan grandes como cuando están en un acto público o en su despacho con la bandera nacional o el retrato del presidente al fondo. Error. Cada vez que vean actuar a ese gran hombre o personaje importante recuerden que también él es un ser humano, lo que no constituye ningún mérito ni mucho menos, pues precisamente por serlo padece defectos, miedos, debilidades, manías y rarezas.

Ahí tienen al doctor, que es de lo más sencillo en casa. La mañana en que me presenté ante él con la recomendación de mi tío, todo lo que yo sabía hacer era escribir en máquina y un poco de taquigrafía. Como en aquel tiempo, sin embargo, eso me colocaba en una especie de joven prodigio, en ese mismo instante me nombró ya no su mero valet o ayuda de cámara como estaba convenido, sino también su secretario particular, lo que en lugar de alegrarme me dio mucho miedo, pues hasta ese momento yo jamás había pisado una biblioteca privada con sus libros empastados, el retrato de Virgilio y mapamundis.

Pues bien, en medio de todo eso se hallaba él, solo, practicando simplemente un poco de esgrima, en mangas de camisa, como cualquier otro señor en su casa y a esa hora.

—Qué bueno que sepa tanto —me dijo colocando varias veces la punta de la espada entre mis ojos, en posición de estocada de Nevers[52]—; tengo muchas cosas que ordenar, copiar, verificar, cotejar, clasificar, revisar y archivar.

---

[52] *Estocada de Nevers.* Predilecta del duque de Nevers, gran espadachín, muerto en un duelo, durante los primeros tiempos del reinado de Luis XV de Francia, y que hizo famosa Paul Féval en su novela *El jorobado o Enrique de Lagardère.* Como se sabe, consiste en aprovechar el ataque por línea de fuera, parar en primera baja, para ligar inmediatamente en tercia, de manera que quede descubierta la frente del adversario.

Todo esto mientras daba bruscos saltos hacia atrás y dos o tres ágiles pasos hacia adelante.

Después me llevó a su escritorio, muy grande, casi sin ningún papel encima y cubierto con un grueso vidrio en que el techo, las ventanas y la cara de uno se reflejaban.

—Siéntese allí —me indicó con el arma, mostrándome una tremenda silla giratoria.

—¿Ve ese agujero en el respaldo? —me preguntó sonriendo—. Lo hizo la bala con que mi padre se suicidó.

Al ver el agujero pensé únicamente en todo lo que la bala había tenido que atravesar antes y después de cumplir su cometido: un saco, una camisa, una camiseta, una piel, un músculo, una costilla, un corazón, un pulmón, otra costilla, otro músculo, otra piel, una camiseta, una camisa, un saco, y todavía el respaldo de la silla.

—Aquí están los periódicos de hoy —añadió—. Señáleme con ese lápiz azul todo lo cultural.

Inmediatamente se marchó, sin añadir nada.

Ahora bien, como al llegar a San Blas a mí todo me parecía deslumbrante y cultural, los primeros días sufrí mucho y marcaba cuanto veía en el periódico, temeroso de equivocarme y de dejar pasar tal vez lo más importante. Pero con el tiempo me fui dando cuenta de que lo cultural era en realidad muy poco y de que por lo común se hallaba metido entre los cumpleaños, los crímenes y las bodas, y lo señalaba con el lápiz sin ningún trabajo.

Luego me quedaba toda la mañana sin nada que hacer, y fue cuando volví a las novelas y a apasionarme de nuevo por ellas.

6. *Un encargo*

Pocos días después, una mañana, el doctor se dirigió a un gran armario que hacía las veces de librero y extrajo de él una caja de caoba, o que yo juzgué de caoba pues en aquel tiempo cualquier madera bonita me parecía de caoba por ser la más mencionada en las novelas (arte del ébano cuando se trataba de describir a algún negro), con tremenda ventaja sobre el pino, que sólo aparecía en forma de ataúd cada vez que en los barrios pobres de cualquier ciudad de Francia o Rusia la mujer de algún obrero moría de tuberculosis y el obrero se tenía que hacer cargo de sus cuatro hijos mientras el patrón celebraba la Navidad tomando champaña rodeado de su familia, el prefecto y doce o catorce amigos.

Luego sacó de la caja un buen número de cartas de diversos tamaños y colores que extendió sobre el escritorio.

—Quiero que las copie a máquina —me dijo—. Pienso quemarlas. Usted, que es hombre de mundo, imaginará por qué.

No dijo más. Salió y oí cuando desde el otro lado cerró la puerta con llave abandonándome a mi suerte de hombre de mundo.

7. *Imaginaciones*

Cuando el doctor sale y oigo que cierra la puerta con llave no hago ningún caso de la caja porque me atrae más una novela. En realidad no recuerdo si es novela o qué; pero después de unos minutos me aburre y me pongo a pensar en las cosas en que más pensaba entonces. Sobre todo, como es natural, poco a poco y cada vez más olvidado del mundo, en mujeres, en piernas y pechos de mujeres, y en general en toda clase de cosas de mujeres, no importa la parte que sea con tal que sea de mujer, pero si la parte es de adelante o de atrás, mejor. No sé por qué nunca pienso en los otros dos lados que las mujeres tienen en el cuerpo, aunque sí pienso mucho en la boca y en las inmensas delicias que se pueden sacar de ésta, ya sea en forma de beso, de sonrisa o de simple mordida, o bien de palabras que al cerrar los ojos imagino que me dicen, por ejemplo «te amo», que comúnmente no se dicen en la vida real pero que sí se piensan cuando uno piensa que se lo tiene que decir a alguien o imagina que alguien se lo dice a uno cuando uno está pensando en eso. En las orejas no, pues por más que me las toco nunca siento nada, y cuando meto en ellas el dedo meñique para rascarme, tampoco, aunque después aprendí que si alguien le hace a uno un poquito en ellas con la lengua sí sirven mucho, pero ahora no pienso en orejas sino en partes de atrás o de adelante y por más esfuerzos que hago de ahí no paso, excepto cuando paso a lo máximo, que aquí no debe mencionarse pero que sé que todos imaginan pues con el tiempo aprendí que entre más años tiene la gente más piensa en eso y desde que se levantan hasta que se acuestan sólo piensan en eso.

Después, ya más calmado, vuelvo a pensar en la caja.

8. *La soledad*

Los meses siguieron pasando y yo entregado a la lectura. Aunque desde niño leí cuanto libro caía en mis manos, sólo que no eran muchos, ahora las novelas, cuando las tomaba tranquilo, sin prisas ni imaginaciones como las más bien ambiguas de que hablé antes, me deleitaban más y más, quizá por tener que leerlas a escondidas, pues se goza más con el nerviosismo y esa sensación en la boca del estómago del que siente que lo pueden sorprender en el momento menos esperado, tan absorto se encuentra en el vuelo de su fantasía o en su acto pecaminoso.

Pues bien, de esa manera gozaba yo aquellas lecturas solitarias y prohibidas. Sin embargo, como el hombre es un ser de lo más raro y variable[53], ahora sé que al mismo tiempo que disfrutaba morbosamente a solas el deleite de lo vedado fui empezando a sentir la urgencia de compartir con alguien aquella soledad, lo que hoy, visto a la distancia y mientras escribo estas líneas sobre el doctor rodeado de mi familia por todas partes, no puede parecerme sino una gran paradoja. Pero díganme si existe algo de lo que el hombre hace con su alma que no sea extraño o paradójico.

---

[53] *Y variable.* Recuerdo de Montaigne: «El hombre es cosa pasmosamente vana, variable y ondeante» (Montaigne, *Ensayos,* Edición de Dolores Picazo y Almudena Montajo, Madrid, Cátedra, 1985.)

9. Necesidades imperiosas

La verdad es que una tarde, mañana o noche, no recuerdo bien, llegué a la conclusión de que me hacía mucha falta compartir mis lecturas y, por qué no confesarlo, mis propios pensamientos, con alguien que sintiera como yo para poder conversar a gusto, señalarle lo bonito de determinados pasajes y preguntarle si se había fijado en aquello o en lo otro; esa época en que uno necesita un amigo, no sólo, como creen los papás, para irse al billar, el boliche[54], o (cuando uno empieza a sentir el gusanillo) a buscar quién sabe qué tipo de mujeres, por lo general prostitutas porque uno francamente ya no puede más y quiere aprender y se somete a toda clase de horribles pruebas con tal de saber de una vez por todas cómo se hace la maldita cosa y sentirse hombre; sino, y esto los papás ni lo sospechan, para comentar con el amigo lo que sucede en los libros que uno está leyendo; y a veces uno se queda con el amigo conversando en la calle hasta las dos de la mañana, y a la hora de regresar a casa todavía permanece con él un gran rato en la puerta habla y habla, e inquieto por todo lo que aún le bulle en la cabeza propone al amigo acompañarlo una cuadra de regreso a su casa y la cuadra se vuelve varias, una tras otra mientras uno las va contando mentalmente pero sin que le importe, hasta que uno llega de nuevo a la casa del amigo y el proceso está a punto de repetirse, ya que ninguno se quiere separar del otro, pues en medio del frío de la noche, o del calor de la noche y a la luz de la luna, según, se ha ido hablando con entusiasmo de D'Artagnan, o de cuando el gran Porthos[55] a pesar de su inmensa voluntad no pudo más con el peso de la enorme piedra que sostenía con todas sus fuerzas para que sus com-

---

[54] *Boliche*. En la Argentina y Uruguay: almacén pequeño, pulpería, figón; en México y Centroamérica: juego de bolos. Aquí, en este último sentido.

[55] *Porthos*. Uno de los cuatro mosqueteros de *Los tres mosqueteros* de Alejandro Dumas, padre.

pañeros se salvaran, y ellos se salvan, y él muere irremediablemente aplastado.

Así que todo eso me hacía falta, porque yo en casa del doctor no podía salir ni a la esquina, además de que ya me iba haciendo viejo, pues ya tenía diecinueve años, y ahora no contaba con ningún amigo.

10. *Terremoto invisible*

Una tarde de primavera permanecí un buen rato en la azotea absorto en mis pensamientos, que siempre llegaban en cualquier lugar en que estuviera y a cualquier hora, pues eran pocas las ocasiones en que dejara de pensar, ya fuera en lo que concernía al futuro y en todo lo que me faltaba por vivir, o en lo que se refería al pasado y en lo que había vivido, o en si las cosas hubieran sido de otro modo cómo serían ahora, etc.; y así las ideas vienen y van sin saber uno en qué forma, pero el cerebro no para nunca de pensar.

Esa vez me quedé contemplando las nubes que brillaban doradas en ese largo proceso en que la tarde se va acabando. De pronto comencé a sentir dentro de mí, como en la barriga, o el pecho, o la cabeza, bueno, más o menos en todas las partes del cuerpo humano, incluidas las manos, una inquietud indefinida, algo así como un desasosiego que antes nunca había experimentado, y por tanto no encontraba la forma de explicarme aquel fenómeno, que en esas situaciones es lo que más molesta, pues lo único que a uno se le ocurre en ese momento es si no se irá a morir en ese momento.

Al principio, como es mi costumbre, hice uso de mi intelecto y al ir atando cabos y ordenando las cosas despacio lo atribuí a que tal vez estaba enfermo del estómago, ya que en ese tiempo siempre estaba enfermo del estómago debido a los nervios; después pensé que a lo mejor no había dormido bien (como sucede cuando se piensa mucho en el pasado o en el futuro); por último, ya con la mente más tranquila, deduje que lo más probable era que iba a haber temblor, porque desde los cuatro años tenía, y la sigo teniendo, la facultad de que cuando va a haber temblor yo lo detecto unas dos o tres milésimas de segundo antes; pero en esta ocasión pasaron más de cuatro minutos, no hubo ningún temblor y yo en cambio seguía con aquella inquietud que me sacaba de quicio y de ninguna manera racional podía explicar, aunque, como ya he dicho, usé de todos los recursos de la razón para llegar a saber que: a) del estómago no se trataba, pues mi mal era crónico; b) de desvelo tampoco, pues siempre estaba desvelado, tanto por mis cavilaciones como por mis lecturas, y c) el terremoto quedaba descartado por la misma fuerza de los hechos y por cualquier sismógrafo, ya que pasó el tiempo y no se produjo.

Bien, y para abreviar, ¿saben qué era? Amor.

11. Recuerdos

Uno no sabe nunca en qué momento terminan los recuerdos de la infancia, pero más o menos sí cuándo comienzan, y hay quienes se recuerdan recién nacidos, en la cuna.

Mi primer recuerdo es como de los cuatro años. Había fiesta en casa, con vecinos, parientes y amigos. De la fiesta no me acuerdo nada, pero sí de algunos de mis amigos de aquel tiempo y de después. Otros están fuera de mi memoria y quién podría decir ahora en dónde se hallan, qué esperan o han dejado de esperar de la vida: si son militares los que querían ser actores, jueces los que se burlaban de la ley, o resignados sedentarios los que esperaban dar varias veces la vuelta al mundo. Tal vez algunos se acuerden de mí y al encontrarme en la calle me reconozcan y les entre el deseo de acercarse y decirme soy Fulano, y no lo hagan por quién sabe qué temores. Con frecuencia pienso en otros, aunque esos sí que no pueden acercárseme. Uno se ahogó en el río, como a los once años; a otro, que llegó a los veinte, lo mataron de un balazo y no puedo olvidarlo porque se llamaba Aquiles; otro, mayor que yo, que era muy rico y se llevaba a las muchachas más bonitas pues tenía de todo, como trajes ingleses, bicicleta y patines, se murió ya más grande, alrededor de los treinta, y era buena gente pues cuando se aburría de patinar en el parque me prestaba un rato sus patines, y si yo me caía no se burlaba de mí con las muchachas sino que se hacía el distraído y casi de acuerdo conmigo miraba para otro lado y ellas no se fijaban. Años después se murió de tanto beber y al enterarme no supe si sentirlo o qué, porque en tiempo de los patines había sido novio de la muchacha que yo quería en secreto, y cuando nos dejamos de ver porque ellos empezaron a ir a colegios de ricos, ella no podía imaginar, ni podría imaginarlo hoy, que yo cada tarde caminaba varios kilómetros, hasta el Obelisco, para alcanzar a verla durante treinta segundos en el momento en que pasaba por allí en el auto de su padre, con su padre, de regreso del colegio.

12. Fiestas y golpes

Pero lo que yo quería era contar mi recuerdo de los cuatro años. La fiesta propiamente dicha la he olvidado. Las fiestas desaparecen de la memoria porque cada una va haciendo olvidar la anterior, igual, curiosamente, que su contrario, los golpes de la vida. Cuando uno recibe un golpe de la vida uno dice: bueno, finalmente, este golpe de la vida es el último, porque ahora sí me voy a morir de tristeza; pero luego viene otro que hace olvidar el anterior y así hasta que uno acumula tantos golpes de la vida que es como si llegara a la cima de un cerro formado por golpes de la vida; pero de ahí en adelante comienza un descenso y, si no baja con cuidado, los antiguos golpes, es cierto, aún duelen, pero tal vez a uno hasta le guste recordarlos para sentir que uno todavía está vivo, que de cualquier manera uno no se murió.

13. Curiosidad y temblor

En realidad lo único que mi memoria registra de esta fiesta es que me encuentro debajo de una mesa examinando con curiosidad unas cositas rosadas que abro con los dedos para verlas mejor pues es la primera vez que las tengo tan cerca. Recuerdo mi curiosidad más que la cosa misma, y cierta vaga sensación de peligro, aunque estoy tan absorto hurgando aquello con mis dedos que apenas me fijo en nada más, ocupado en ver más adentro para saber qué más hay. Veo también unas pequeñas piernas entre las cuales cuelga un calzoncito blanco que yo he bajado o su dueña ha bajado, y vuelvo a hurgar y a mirar alternativamente aquellas cosas rosadas, antes de que una de mis tías venga y nos saque violentamente de debajo de la mesa y me grite y me pegue en las manos.

Y ahora no sé si era la niñita la que temblaba o mi tía la que temblaba o yo; pero es probable que de ahí me venga eso de que cuando va a haber temblor las manos me tiemblen y yo lo perciba unas dos o tres milésimas de segundo antes. Y también cuando va a haber amor.

14. Comienza una nueva vida[56]

Presa de aquella angustia que en mi desesperación casi me hacía llevar las manos crispadas al cuello, como cuando el que se ahoga siente que su existencia entera pasa en un segundo interminable por su imaginación y se despide de la vida lamentando todo lo que pudo hacer y no hizo, ya fuera por natural pereza o por cualquier otra causa, o re-

---

[56] *Comienza una nueva vida.* Alusión a la frase *Incipit vita nova,* epígrafe que Dante dice hallarse en aquella parte del libro de su memoria, antes de la cual poco podía leerse, en la *Vita nuova.* La presencia de esta obra de Dante continuará a lo largo del testimonio de Luciano Zamora, quien, como don Quijote, idealiza la figura del personaje de Felicia, sirvienta en la casa vecina.

gocijándose con el recuerdo del bien perdido o de las cosas que sí pudo realizar, como ayudar a una viejita a cruzar la calle, o caminar un domingo por el parque silbando una bonita melodía, o comiéndose un buen helado; aquella angustia que al sentir que me ahogaba casi me hacía llevar al cuello las manos crispadas, manos que, sin embargo (por uno de esos actos de voluntad tan frecuentes en los momentos de peligro), yo mantenía indiferentemente en los bolsillos del pantalón, acariciando un llavero con la derecha y una moneda antigua que me servía de amuleto con la izquierda; presa de aquella angustia, repito, permanecí un buen rato.

De pronto, como atraída súbitamente por un imán de enorme potencia, mi mirada se dirigió con lentitud y casi sin sentirlo a la azotea de la casa de enfrente, en la cual, reclinada con indolencia en la balaustrada se hallaba observándome la que desde ese instante (si es que no fue en otro y yo no me di cuenta, pues con frecuencia me distraigo y pueden sucederme las cosas más importantes sin que las viva sino como entre sueños) se convirtió en la mujer de mi vida, o sea en la encarnación de mis sueños: Felicia, Felicia Hernández, Felicia Hernández hoy de Zamora*; Felicia, figura inolvidable por quien abandoné todo, posición, fortuna, ilusiones. Pues bien, sí. La mujer de los brazos morenos no era otra que Felicia, que me miraba fijamente, con asombro, como si ella tampoco creyera lo que estaba viendo y todo le pareciera asimismo un sueño del que desgraciadamente debía despertar, con la mirada propia de los sonámbulos puesta en mí durante un rato larguísimo, hasta que por último, movida quizá por la emoción de aquella experiencia inefable, me dedicó desde lejos una sonrisa dulcísima, seguida de una estruendosa carcajada que lanzó de improviso antes de retirarse y entrar en su cuarto dejándome por demás perplejo.

Poco después, no sé si poseído por un placer o por un dolor muy grande, tan extraño era el estado en que me en-

---

* Apellido auténtico tras el que se oculta mi verdadero nombre de pluma.

contraba, me dirigí pensativo a mi habitación. Pero ese día ya no pude leer más[57], pues caí dormido, como cae un cuerpo muerto[58].

15. La mente inquieta

Ni ése ni los siguientes.

Mi mente era en esos días como la de una mosca que unas veces se hallara inquieta en el techo frotándose las manos, otras moviéndose ansiosa frente a la ventana sin decidirse a salir, otras pegada a la pared, inmóvil, como muerta y aparentemente ajena a los males de este mundo, y otras en cualquier parte, donde no es muy raro, si se fijan, que anden las moscas, excepto cuando están tristes o muy enamoradas y sin saber qué hacer, porque en esas circunstancias no se encuentran con el menor ánimo de salir a la calle, ni de quedarse por mucho tiempo en la pared, y mucho menos de ponerse a leer nada o a oír música, pues esta u otra frase, tal o cual canción, lo que sea, les recuerda a la mosca que no vieron ayer y no pueden ver hoy, y en ese momento no están seguras de si esa mosca las quiere o anda con otra en el cine o en alguna fiesta de amigos comunes, feliz, sin pensar en ellas, y así cualquier cosa que lean o escuchen les recuerda a su mosca ausente y quién sabe si para siempre perdida, y por eso no pueden estarse quietas en el techo, en la ventana o en la pared, con el pensamiento fijo tan sólo en su mosca, que ahora se andará paseando agarrada de la mano con otra, mientras ellas, sumidas en el abandono total, no son capaces de permanecer tranquilas un segundo ni en el suelo ni en la pared ni en la cama ni en cualquier lugar o circunstancia de la vida, habiendo tantas moscas en la vida.

---

[57] *Pero ese día ya no pude leer más.* Alusión al verso 138 del Canto V, Segundo Círculo, «Lujuriosos»: *Quel giorno piu non vi leggemmo avante* (Dante, *Comedia*, Infierno).

[58] *Como cae un cuerpo muerto.* Alusión al verso 142, *ibídem: E cadi come corpo morto cade.*

16. Cartas

Naturalmente, tarde o temprano había que empezar con las cartas. Un día vengo, pues, tomo la primera, la desdoblo y leo tal y tal, veinte de julio de tal y tal, y en seguida, con letra muy bonita: «Amor», dos puntos.

Bueno, pensé, será de doña Carmela. Pero no era de doña Carmela, porque la firma decía claramente Lucy*:

> *Amor:*
>
> *Esta tarde pasé junto a ti y ni siquiera me viste. Cuando dos almas se encuentran es muy feo que una no se fije en la otra. ¿O es que ya no te intereso? Patricia me dijo que te había visto ayer con Erlinda, pero ésta me tiene sin cuidado porque sé que eres mío. ¿O te atrae su cuerpo? Si el cuerpo fuera todo, el Todo sería perfecto, pues no hay quien no tenga un cuerpo con sus piernas, sus brazos y sus senos, que inspiran a escultores, poetas, artistas y músicos. Y bien, el arte es sublime, pero a veces me produce el tedio propio de tales obras. Y a ti, ¿qué te inspiro yo? Tu*

> LUCY

Desde el primer momento esta carta me hizo reflexionar mucho por la profundidad que se escondía tras su aparente ligereza. ¿Qué había allí?, me interrogaba. ¿Pasión, celos, amor, y un indudable desprecio por el arte? La mujer, entonces, me pregunté, ¿no comprende el arte? ¿Está incapacitada para sentir lo que no sea un bordado, un pastel (o compota) de manzana, arreglar las flores o peinarse para ir a una fiesta? Aquella carta parecía revelar eso con toda naturalidad, pero algo me inquietaba en ella.

A estas alturas ya habrán adivinado que ese algo era la palabra senos.

Tres veces tuve que copiarla, pues siempre que llegaba a la palabra senos me equivocaba y ponía renos, o cenos,

---

* Nombre supuesto.

o seños, hasta que me di cuenta de que algo me sucedía con esa palabra y me quedé pensando en por qué en las demás no me equivocaba y en ésa sí, y en por qué la firmante, Lucy, hablaba de piernas, brazos y senos y no de cabezas, codos o pies, y descubrí que detrás de todas aquellas grandes ideas filosóficas del Todo se escondía una insinuación de algo más tangible, es decir, más agarrable.

Pero la verdad era que ni las piernas ni los brazos me producían la misma emoción que la palabra senos, aunque estuviera hábilmente disimulada con eso de los escultores y los músicos, y colegí que en el fondo la carta de la llamada Lucy estaba escrita para atraer la atención sobre aquellas cosas, que además no todos tenemos. Los tendrán las mujeres; y para eso, ni todas, pues a unas ni se les ven, otras los tienen demasiado grandes y el simple hecho de llamarlos senos resulta ridículo: otras se los suben excesivamente sin reparar en que no existen senos así; otras se los dejan tan abajo que casi se les confunden con la barriga; otras no usan sostén y creen que se ven muy bonitas (otras no lo usan y en realidad se ven muy bonitas); en fin, que aquella carta con su mención de los senos me abrió los ojos y me dio la clave de muchas cosas, y desde entonces me imagino que la mayoría de las mujeres se pasan el día viéndose los senos, por la derecha, por la izquierda, por delante, o levantándoselos con las dos manos, sopesándolos, para calcular qué tal los tienen, o agachándose para que uno se los vea, o dejándose un botón de la blusa sin abrochar; o sea que no piensan en otra cosa. Y así, meditaba, ¿qué tiempo les va a quedar para el arte?

Bien. Al seguir copiando cartas me di a leer muchas antes de copiarlas porque la curiosidad se apoderó de mí y ya saben cómo es la curiosidad. Y más estando solo en aquel despacho lleno de bustos, de figuritas de porcelana con mujeres y faunos desnudos, de cajitas de porcelana con escenas galantes para guardar a saber qué, porque siempre estaban vacías.

17. *El perdón de Dios*

Como pronto observé que todas las cartas eran de amor, si se puede llamar de amor a las que eran de odio, me sentí afortunado de tener aquel trabajo y las leía y las leía y me enteraba de cómo eran en realidad, o cómo habían sido en alguna etapa de su vida, las señoras (mamás, tías, profesoras, licenciadas, gerentas, doctoras o lo que fueran) que venían de visita tan tranquilas, y percibí que a mi alrededor existía un mundo hasta ese momento no imaginado por mí, un mundo en que los gestos de cortesía, las amables sonrisas, las buenas maneras, los ademanes respetuosos o la simple indiferencia desaparecían para dejar al descubierto otro mucho más verdadero, más fascinante, más duro, más comprometido, más cruel, más doloroso, más inseguro y tal vez por lo mismo más lleno de delicias, un mundo que ya fuera en la imaginación o en la realidad todas aquellas señoras vivían intensamente, y yo al verlas pensaba señora ya leí su carta de hace un tiempo, y sé lo que le gusta tocar y lo que le gusta besar y lo que quiere hacer por la tarde cuando su marido no está o usted sale o salía a buscar al doctor, y que una vez escribió *dejé que tus manos se deslizaran por mis muslos y que nuestras bocas se unieran en un beso que no podía ser pecado pues en ese momento yo sólo pensaba en Dios y en que Dios lo estaba permitiendo para purificarnos y en que quién era yo para oponerme a sus designios**.

NATY**

Así a montones. Más largas o más cortas; pero casi siempre lo mismo. En algunas las cosas no estaban tan disimuladas como en la de los brazos, piernas y senos, por lo que entendí que no es igual decir piernas que muslos ni ima-

---

* Citado de memoria.
** Nombre supuesto.

ginar una pierna que un muslo. Por cierto que cuando llegaba a esas partes en que se hablaba de muslos y senos yo no podía aguantar más y tenía que ir un ratito al baño, en donde pensaba mucho en eso de que Dios lo comprendía y lo perdonaba todo, y mientras estaba allí pensaba también que qué bueno que lo perdonara todo, porque en ese tiempo yo todavía tenía problemas con Dios.

18. La ingratitud humana

Mas tengo que volver al objeto de estas líneas que se me han encargado para recordar a mi antiguo protector, y qué bien que se le recuerde ahora que está vivo, pues estoy seguro de que una vez muerto será olvidado como todos los grandes hombres que dan la vida y se desvelan por una Humanidad que ni se los agradece y hasta podría decirse que ni los necesita, excepto para los actos públicos.

19. Obsesiones

Repito que ni aquel día ni los siguientes pude leer nada. Desde el momento en que nuestras miradas se cruzaron, Felicia dejó de ser para mí una mujer de carne y hueso, de formas sensuales y senos turgentes como cualquier otra, para transformarse como por arte de magia en una obsesión, o sea esas ideas que de pronto se te meten en la cabeza, y a cualquier hora, ya sea en la calle, en el cine o en el trabajo están allí sin que puedas hacer nada para deshacerte de ellas, por ejemplo cuando te propones pisar en la acera únicamente determinados ladrillos, o al cabo de la primera cuadra tienes que regresar a casa a ver si quedó bien cerrada la puerta, o la llave del gas, o la llave del agua, o la llave de maldito lo que sea; o digamos la idea fija de que no se saludó en forma debida a quien se estaba obligado a saludar en forma debida; o, cuando se es niño, la de que uno se va a ir al Infierno porque se acarició alguna cosa; o cuando se es grande la de que si uno tenía que decir algo no lo dijo, o la de que en el momento preciso uno dijo lo contrario de lo que tenía que decir, hasta que por último olvidas la idea, solamente para caer en otra: nimios sentimientos de culpa o de zozobra que muerden nuestras pobres almas, o más bien a los que nuestras pobres almas se aferran para sentir que después de todo en alguna forma nuestras pobres almas existen.

Pero Felicia era algo más que eso y yo no podía olvidarla.

20. La tábula rasa[59]. Luego, las tres cosas que rigen el mundo

El hecho es que la idea de Felicia borró de mi mente cualquier otra impresión, dejándola convertida ni más ni menos que en una tábula rasa, o en un pizarrón en el que no hubiera nada escrito, pero en el cual las sensaciones auditivas, olfativas (imaginarias), visuales, gustativas (imaginarias) y táctiles (imaginarias) fueron grabándose una tras otra, con ese desorden propio de las sensaciones, hasta conformar con deslumbrante nitidez el pelo, los ojos, la risa, el contorno y los graciosos movimientos de quien llegó a representar para mí en aquellos días cuanto de bello podía existir en el mundo y parte de San Blas, la capital de nuestro estado.

Pero a través de mi vida he aprendido, y es triste aprenderlo, que en el mundo sólo existen tres cosas que lo rigen y rigen nuestras acciones y las de los demás, y estas tres cosas son Amor, Odio e Indiferencia[60], ya sea en estado puro o entremezclados en mayor o menor grado; pero sin

---

[59] *La tabula rasa*. Alusión al principio aristotélico. Los sentidos son como una tablilla en la que no hay nada escrito: *Sicut tabula rasa in qua nihil scriptum est.*

[60] *Amor, Odio e Indiferencia*. En una entrevista, Graciela Carminatti, periodista argentina, pregunta a Monterroso: «Luciano Zamora establece un axioma: que en el mundo sólo existen tres cosas que lo rigen: amor, odio e indiferencia. ¿Es así en realidad?» A lo que Monterroso responde: «Sólo añadió "Indiferencia" a los conceptos de Empédocles. Es su gran aporte a la filosofía» (*Viaje al centro de la fábula*).

que nunca dejen de estar allí, tejiendo siempre su invisible tela para envolvernos en ella, ya no en forma de ilusión[61] como quieren o quisieran los poetas sino como una pesadilla que nos impide dormir, soñar quizá[62]. Ahí tienen.

21. Problemas de la comunicación (I)

Así, ahora me encontraba ante la obsesión de hacer que Felicia se enterara de mi amor. Claro que ella no se llamaba Felicia, pero la he venido nombrando en esta forma (como aquel que con su mejor letra dejó claramente escrito que se suicidaba por convenir así a sus intereses) porque así conviene a mis intereses mientras respire en San Blas cualquiera de los protagonistas de esta historia, de la cual, por otra parte, les ruego no creer ni una palabra, dicha entre líneas, escrita o simplemente insinuada.

Lo importante es que desde el momento en que la vi yo no podía seguir viviendo sin hacerle saber que la amaba, aun por encima de los odios existentes entre las que con cierta licencia poética podíamos llamar nuestras familias, sin que éstas se enteraran del fuego que *nos* consumía. He subrayado *nos* porque no veo con qué derecho, si no es con el que da la inexperiencia, podía yo suponer que Felicia experimentara por mí más que la simpatía o la atracción propia de la edad o de los intereses comunes de nuestra profesión.

22. Amor carnal y amor platónico

Por lo que a mí se refería, todos sabemos que hay amor carnal y amor platónico. Pero esto no es tan simple. Yo estoy seguro de que el mío era platónico-carnal o carnal y pla-

---

[61] *Su invisible tela... en forma de ilusión.* Alusión a la ignorancia que, según la filosofía vedántica hindú, impide al hombre su identificación con Brahma.

[62] *Dormir, soñar quizá.* Palabras de Hamlet: *To sleep: perchance to dream* (Shakespeare, *Hamlet,* Acto Tercero, Escena Cuarta).

tónico a la vez, pues en cuanto pensaba en ella sentía algo en la carne, o en cuanto sentía algo en la carne pensaba en ella; y de esta manera, en todo momento pasaba de una cosa a otra sin darme cuenta o sin ponerme a pensar de qué clase era mi amor de acuerdo con esas dos filosofías, la carnal y la platónica. Como antes me permití insinuar, ahora sé que también existe el desamor, o el simple y puro no amor, que vendría a ser como lo aristotélico-carnal, o sea lo opuesto a lo carnal pero sin llegar a lo platónico sino apenas al justo medio, para que todo quede claro de una buena vez.

23. *Problemas de la comunicación* (II)

Como es de suponer, en muchas ocasiones estuve tentado de tomar el teléfono y en muchas aproveché la tentación y lo hice; pero la línea estaba siempre ocupada, o contestaba la señora o cualquiera de sus hijas, o la cocinera, según la hora. Entonces (ya les habrá sucedido a ustedes) yo tenía que cambiar la voz, o fingir voz de niño o de mujer y preguntar cualquier cosa rara, hasta que del otro lado sospecharon y en lo sucesivo sólo descolgaban y se quedaban esperando, y yo permanecía callado un rato antes de colgar, despacito, como si me fueran a ver. Tuve que renunciar a esta estratagema cuando un día oí que la señora, después de un largo silencio durante el cual sólo se oyeron ruiditos como de anillos y respiraciones fuertes, gritó:

—¡Si eres tú, Carmela, vas a ver!

Pues la señora pensaba que doña Carmela trataba de hablar con el licenciado Alcocer.

24. *Problemas de la comunicación* (III)

Entre estas y otras aventuras similares la vida siguió transcurriendo durante varios días, que a mí me parecían semanas, y yo cada vez más enamorado.

Como ustedes no son distintos de la generalidad de la

gente, lo primero que se les ocurrirá será preguntarse por qué no me dirigí a Felicia por carta. Pues bien, si lo quieren saber, sí me dirigí a Felicia por carta, pero todas mis misivas fueron hábilmente interceptadas desde el primer momento, dado que infortunadamente Felicia no sabía leer y cada vez que el cartero le llevaba una corría a pedir a la señora que se la leyera.

Debo decir que en toda nuestra historia ése fue el peor peligro que pasamos de ser descubiertos. Sin embargo, como el amor todo lo vence[63], ese peligro fue superado gracias a que en aquella correspondencia yo nunca le hablé de amor sino de cosas varias, como sus ojos, su cuerpo, y así por el estilo; aparte de que siempre cambiaba de seudónimo, tanto como un ardid elemental para mantenerla sujeta a la curiosidad femenina que adivinaba en ella, como porque de esa manera resultaba más divertido.

Epílogo

Pasó mucho tiempo.

El doctor Torres es hoy honrado con libros acerca de su obra, tesis universitarias y homenajes de toda índole, como el que hoy se le ofrece con esta publicación. Bien puede decir: Misión cumplida.

El licenciado Alcocer murió rodeado del cariño de los suyos, no sin antes arrepentirse ante la Iglesia (a la que legó su última sonrisa) de sus pecados.

En cuanto a mí y Felicia, después de mil estratagemas que tanteé, delineé, ideé, planeé y puse o no en práctica, como la construcción de un túnel a través de la calle para llegar hasta ella, y en lo cual fracasé debido a que mi escasa herramienta, una cuchara y un peine de marfil, fueron insuficientes para romper las obras de drenaje que nos separaban; o el envío de gallinas mensajeras de una azotea a otra, gallinas que ya fuera por falta de experiencia o por

---

[63] *Amor todo lo vence. Omnia vincit amor,* Virgilio, Égloga 10, verso 69.

la escasa densidad del aire se enredaban siempre en los alambres de la luz; finalmente, rompiendo con todas las reglas, un día me presenté en su casa, pregunté por Felicia, salió, le propuse que huyera conmigo, aceptó, y esa misma noche, con dos o tres cajas de cartón y una pequeña bolsa en que guardaba sus alhajas, nos retiramos de aquel infierno. Con su talento natural, pronto aprendió a leer. Nuestros hijos son un licenciado, un contador, un agente de demostraciones (IBM), y una aeromoza de lo más formal que de vez en cuando nos trae recuerdos de países lejanos y hasta de las Islas de la Malasia.

Hablar de un esposo siempre es difícil

[GRABACIÓN]

por Carmen de Torres

Usted me pide de pronto, así como así, que le hable de Eduardo. Y bien, hablar de un esposo siempre es difícil, pues las mujeres o queremos a nuestros maridos, o los odiamos, o incluso a veces nos llegan a ser indiferentes.

Como es bien sabido, yo a Eduardo lo conocí desde que éramos muy jóvenes, casi niños; pero él en esa época ni se fijaba en mí, pues yo como de costumbre, bien tímida, no me atrevía ni a mirarlo. Sin embargo, y pese a todo, con el tiempo nos fuimos encontrando en fiestas y en heladerías del barrio y después de los consabidos paseos en coche metiendo mucho ruido para que los demás nos vieran, nos fuimos haciendo novios, como todos los de sociedad en San Blas, hasta llegar al matrimonio, que era la única manera de legalizar unas relaciones que hubieran sido tormentosas a no ser por el temperamento tranquilo de él y mi paciencia para soportar desde entonces sus lecturas y sus pretensiones de tipo amoroso, que no se puede decir que hayan llegado nunca al erotismo o no, pues como es natural no deseo entrar, y menos para libro como en este caso, en pormenores o detalles digamos íntimos de aquellos días que le aseguro y hasta se lo podría jurar que andan en boca de cuanto chismoso hay en San Blas, en donde cada mujer sabe quién fue novia de quién, o amiga de quién o, como se dice ahora para suavizar, anduvo con quién, y es lo que más se usa aquí para saber los amores de cada quien.

Pero estas comidillas y chismes propios de cualquier lugar chico (pues digan lo que digan San Blas aunque sea grande sigue siendo un pueblón) pronto se superaron gracias a que lo nuestro, bueno, que Eduardo y yo andábamos juntos, o lo sabían muchos o lo sabían muy pocos, y a que los muchos o pocos que lo sabían también andaban o habían andado como nosotros.

Lo verdaderamente difícil vino después, ya establecidos y casados, cuando él comenzó en serio con su vocación de estudioso y no salía para nada en las noches, y claro, emperazon a llegar los hijos uno tras otro, como si no tuvieran otra cosa que hacer.

Eduardo era muy casero en ese tiempo y leía mucho, pero en las noches le gustaba descansar a toda costa. Le aseguro que no es exageración, pero a veces leía tan exageradamente en la cama que muy pronto se quedaba dormido con el libro en la mano y a la mañana siguiente, cuando yo me despertaba y me desperezaba un poco, sentía algo inquietante y como duro en medio de los dos y por lo regular era un tomo de alguna novela o hasta de Cervantes.

Usted comprenderá que así las cosas se tienen que dificultar desde el principio. Por supuesto, consciente del papel que como mujer me tocaba desempeñar en el hogar, yo fui haciéndome lo mejor que pude a su manera, sobre todo considerando que a veces no se trataba, digo, de un libro tan serio como los que he mencionado, sino de alguna revista más ligera, a las cuales por esta misma razón y porque se me empezó a pegar el afán de aprender para no ser tan tonta, me fui aficionando poco a poco para ayudarlo en su trabajo y poder salir adelante. Porque esto es precisamente algo que a mucha gente se le olvida y a lo mejor ni las mismas mujeres lo piensan: la responsabilidad que contrae una esposa cuando se casa con un hombre del prestigio de Eduardo y a quien al mismo tiempo uno ha conocido toda la vida. Después las cosas se complican tanto y vienen tantos problemas y observaciones que uno va anotando* casi sin quererlo, que uno se convence de que su marido es un gran hombre y en tal caso pues lo respeta a como dé lugar y se aguanta, o uno se va dando cuenta cada

---

* La señora de Torres pudo haber dicho «notando»; pero en la grabación no se nota.

día de que tal gran hombre no existe[64] sino que lo que sucede es que tiene deslumbrado a medio mundo y cuando viene gente uno oye que él dice la misma frase, o cuenta el mismo chiste o la misma anécdota con palabras y gestos igualitos hasta que uno se los sabe de memoria y sin embargo uno debe reírse o hacer un comentario como si fuera la primera vez que lo escucha, para ayudarlo, o en todo caso exclamar admirativamente «¡cómo eres!», para que los otros crean que uno mismo se sorprende de su frase ingeniosa; o que afirman muy serios que están escribiendo algo muy importante y uno sabe que se han pasado toda la semana durmiendo la siesta con el pretexto de que tienen mucho trabajo, lo que va haciendo pues que uno dude, digo; claro que por otra parte uno los ve hasta con coraje cómo leen a toda hora y toman a cada rato sus notas como si eso fuera lo único que tienen que hacer. Ya se puede imaginar que esto va dando como resultado que por último uno se confunda y no sepa muy bien a qué atenerse. Yo, por ejemplo, como en la casa Eduardo es tan sencillo, me admiro de que con frecuencia vengan personas famosas de las regiones más apartadas del Estado y del extranjero a verlo, y él con dos o tres preguntas, fíjese bien, con dos o tres preguntas comprometedoras referentes a algún libro que acaba de salir o algo así los pone en aprietos desde el mismo momento en que entran y ni siquiera han tenido tiempo de sentarse. En los primeros años yo me entrometía mucho y delante de todos le decía que se dejara de cosas, que él tampoco había leído esa novela o libro, pero entonces Eduardo soltaba una carcajada como dando a entender a las visitas que yo era una bromista de marca; ésa es una de las formas, por supuesto, en que él resuelve el problema de tener que soportar a una mujer tan criticona como yo; pero a mí no me engaña, aunque como le digo, siempre me quedan mis dudas y pienso si en el fondo no seré yo la tonta; es difícil, no crea.

Recuerdo que en los primeros meses de nuestro matri-

---

[64] Sobre el tema de la «invisibilidad» de los grandes hombres para sus allegados más cercanos, véase nota 42.

monio a Eduardo se le metió a pie juntillas* en la cabeza que yo leyera libros de filosofía o de literatura más seria con el objeto de que yo pudiera estar también en la sala cuando había visitas, pero la verdad es que para una persona de provincia *Siddharta*[65] o cualquier otro por el estilo es muy difícil y yo lo que hacía era pues aprenderme unas cuantas anécdotas de algún filósofo como aquella del que le gustaba salir de su casa todos los días a la misma hora[66] y la gente ponía su reloj cuando él pasaba, o de algún músico polaco, o si no, de perdida[67], de alguien muy famoso que me había tenido en sus piernas, y así los amigos intelectuales de Eduardo aprovecharan la oportunidad para hacer sus chistes de doble sentido o me preguntaran si eso había sido la semana pasada y yo pudiera decirles que cómo eran. De cualquier modo, si uno está rodeado de un hombre así, algo se le pega, aunque sean las mañas, ¿no cree? (Risa).

Ya hablando en serio, como Eduardo recibe todos los libros y revistas yo le ayudo a abrirlos o a guardarlos y en esos ratos con un poco de atención y más si es pintura algo se le va pegando a uno por tonto que uno sea y por eso me puede oír de vez en cuando mencionar uno que otro nombre impresionante, aunque si usted se pusiera a escarbar un poco descubriría que sé tanto como Eduardo (risa). ¿Ya ve por qué dice que soy muy bromista? En verdad esto es algo que no se me puede quitar desde que era estudiante y siempre estábamos haciendo bromas, aunque a veces yo sé que me río o hago bromas por los puros nervios, como ahora con la grabadora, pero usted ya me prometió que va a suprimir las tonterías, ¿verdad?

Pues bien, con el tiempo Eduardo empezó a escribir sus

---

* Expresión todavía común en San Blas.

[65] *Siddharta*. Novela del escritor suizo-germano Herman Hesse (1877-1962), Premio Nobel 1946.

[66] *Gustaba salir de su casa todos los días a la misma hora.* Alusión a la popular anécdota atribuida a los vecinos del filósofo Emmanuel Kant (Koenigsberg, Alemania, 1724-1804), quienes ajustaban sus relojes cuando él pasaba frente a sus casas, todos los días, a la misma hora.

[67] *De perdida.* Expresión mexicana por en última instancia, en todo caso.

artículos para el periódico y sus cosas en general y a convertirse en persona importante en San Blas, pero debe ser porque aquí nadie sabe nada y no me importa que se enteren de que lo digo porque ellos también lo dicen y es mejor adelantarse a decirlo de ellos y no que ellos se adelanten a decirlo de uno. Para mí todos son unos farsantes, casi empezando por mi marido que habla y habla todo el tiempo de cosas elevadas (ay sí) pero que en su tiempo apenas se ocupaba de sus hijos y me dejaba a mí toda la carga, o cuando lo hacía era para decirles que leyeran tal o cual cosa, como si eso sirviera para algo o diera para comer, aunque en esta casa nunca haya faltado nada, y gracias a Dios ellos ya están grandes y no salieron como él. Como yo nunca he tenido pelos en la lengua se lo digo siempre: ¿Qué hacen tú y tus amigos?[68]. Pasarse todo el día en el bar o en el café hablando las mismas tonterías y divirtiéndose con los que escriben o sintiéndose a saber qué, mientras uno tiene que estarse en la casa lidiando con las sirvientas, y hasta eso, uno sin sueldo. Bueno, tampoco me voy a poner a hablar ahora del tema de las sirvientas, que es de lo único que desgraciadamente sabemos hablar las mujeres aquí en San Blas.

Así, pues, como le digo, Eduardo se fue volviendo cada vez más famoso con lo que escribía al mismo tiempo que iba sacando su carrera de abogado en la Universidad, de la que salió como a los treinta años por flojo, sólo que nunca ha querido ejercer su profesión por estar día y noche ocupado con la literatura, la filosofía, las cuestiones políticas de aquí y mundiales y cuanto hay. Sin embargo, yo no puedo quejarme, porque la verdad siento que así está más seguro en la casa sin tener que andar buscando pleitos o, como él dice, echando a las pobres viudas desvalidas de sus casas por cuenta de otros, además de que sé que él siguió la carrera de Leyes no porque en realidad le gustara sino porque los poetas y escritores de aquí siempre siguen la ca-

---

[68] En Latinoamérica el tú se pluraliza con la forma correspondiente al usted, dando el giro usado por la señora de Torres: «¿Qué hacen tú y tus amigos?», en vez de: «¿qué hacéis?»

rrera de abogados para poder trabajar en Relaciones o en algún otro ministerio de perdida, o tal vez lo hizo para complacer a su papá que todo el tiempo lo estuvo empujando a titularse en alguna profesión, pues no dejaba de repetir, y yo creo que en eso sí tenía razón, pues es como la ropa que como lo ven lo tratan a uno, que aquí un título abre muchas puertas, aunque Eduardo decía que no deseaba más puertas que las de luz[69], que según él son los libros abiertos.

Después, cuando ya con los muchachos más grandecitos nos establecimos en esta casa que le dejó su papá cuando murió, comenzó otro de los calvarios de una mujer casada con intelectual, siempre por la cuestión de los libros, que son la adoración de Eduardo, y a mí le confieso que me tienen hasta el copete con la tareíta de abrir los que vienen con las hojas cerradas y por el polvo que la criada tiene que estarles sacudiendo. Desde entonces la casa comenzó a llenarse de todo tipo de volúmenes encuadernados o hechos garras[70] que al principio Eduardo conseguía en librerías de segunda mano a las que en ese tiempo se iba sin falta todas las tardes con cualquier pretexto o amigo. Ahí venía cargado con ediciones dizque raras por lo general de poetas más bien desconocidos de otras provincias o Estados y del mismo San Blas, que compraba, fíjese que estoy hablando de aquel tiempo, por veinte centavos o por un tostón[71], lo que le servía de excusa o de mentira, pues para que yo no me enojara por el gasto me convencía de que eran una ganga y de que los libros valían en realidad bastante más, y que todavía valdrían mucho más con el tiempo como los cuadros, pero éstos casi siempre se los regalan sus amigos pintores y él los tiene que colgar aunque no le gusten, bueno, los de los que están vivos o viven cerca, porque si llegan de sorpresa y no los ven en la sala creen que los hemos vendido y preguntan dónde pusiste mi cuadro; aunque cuando vienen gentes y ven aquellas largas hileras

---

[69] *Puertas de luz.* Alusión al poema que comienza: «Es puerta de la luz un libro abierto/entra por ella, niño, y de seguro», etc., que hasta hace pocos años se enseñaba en las escuelas.

[70] *Hechos garras.* Mexicanismo por muy rotos, en mal estado.

[71] *Tostón.* En México, medio peso (unidad monetaria).

de libros en los estantes él a unos, a los que saben de libros, les asegura que los compró por una suma ridículamente baja para que ellos, yo creo, le tengan envidia y admiren la suerte que tiene cuando va a las librerías de viejo; y a otros, a los que considera más tontos, les dice que le costaron carísimos pero que ya saben que comprar libros es el peor negocio porque a la hora de venderlos nadie quiere dar nada por ellos y que en cuanto él se muera es seguro que yo (mirándome maliciosamente) los voy a ir a malbaratar luego luego a alguna librería de libros usados como lo hacen todas las viudas de los grandes escritores, al oír lo cual ellos por cortesía siempre me sonríen como para darme a entender que ellos saben que es broma y dicen que no, que están seguros de que yo sí sé apreciarlos; pero si quiere que le diga la verdad, cuando llegue el momento yo no voy a saber qué hacer pues el Gobierno ya no quiere comprar las bibliotecas por lo que valen, pues dice que hay muchas y que todas tienen los mismos libros con las mismas dedicatorias y no quiere repetirlas, a lo que Eduardo siempre se adelanta sosteniendo que así como no hay dos huellas digitales idénticas para descubrir a los criminales comunes y corrientes, de la misma manera se podría descubrir una buena biblioteca porque no hay dos bibliotecas exactamente iguales, y que qué casualidad que siempre que va a casa de un amigo se sorprende de ver los libros que éste tiene y a él le faltan, y el otro lo mismo cuando viene aquí; y eso que de acuerdo con su determinación de no dejar que los libros lo echen de la casa ha sacado montones que tenía repetidos pues la mayoría de las editoriales le envían paquetes y a veces los autores también los mismos con la dedicatoria, y a pesar de que asegura que no hay libro malo (aunque en ocasiones se contradice y sostiene que va a regalar todos los que no sean de su especialidad y cuando ya están los alteros[72] hechos se arrepiente y a los ocho días vuelve a colocarlos en el mismo lugar en que estaban antes y entonces se queda tranquilo y yo a veces lo sorprendo acariciándoles otra vez los lomos de cuando en cuando, como

---

[72] *Alteros.* Mexicanismo por rimeros.

si se disculpara con ellos arrepentido en el fondo de lo que
iba a hacer, y yo pues me hago como que no me he fijado
y finjo que sólo iba a arreglar un florero y me vuelvo a salir sin decirle nada porque cada quien tiene sus manías, ¿no
es cierto? A mí me pasa lo mismo con la ropa o con las
cosas de la cocina, que aunque ya no me la ponga o ya no
me sirvan no me decido a deshacerme de ellas o a regalár-
selas a alguien que tal vez las necesite más que yo, pues
pienso que algún día me pueden volver a servir aunque en
ese momento ya no me gusten, ya ve cómo es uno), los
guarda todos, menos los repetidos, como le digo, que dona
en pequeños lotes a la Universidad o a alguna institución
educativa a la que puedan llegar los estudiantes o los pobres a verlos. Otra cosa que le encanta son los libros empastados, lo que a mí me saca de mis casillas y le digo que
las pastas no se comen, porque engordan (risa); fuera de
broma, tiene ya por lo menos sus seis mil doscientos encuadernados en piel o en materiales muy parecidos. Sus colores predilectos son el azul y el rojo, que a decir verdad
se ven de lo más bonito en los estantes llenos y llaman la
atención de cuanta visita llega a la casa; aunque me disgus-
te, eso a mí me gusta, porque en realidad si uno se fija
bien se ven muy bien; incluso Eduardo dice a veces de chun-
ga que él tiene los libros como adorno, que para él los libros son objetos de adorno, decorativos, pero por supuesto
en esto como en tantas otras cosas aunque tal vez sea cierto nadie le cree y sólo se ríen. Las colecciones son también
muy lindas (pero ya casi no caben y quién sabe si finalmente y a pesar de todo no tendremos que salirnos de esta
casa por culpa de ellas o tomar más bien un departamento
que ojalá fuera al lado de la casa para que a él le quede cerca y a la hora de su muerte, que ni quiero pensar en eso,
si se hace el fideicomiso yo pueda vigilar todo desde allí,
sin que se vea feo, para que no se las lleven, sin que esto
sea adelantar vísperas) y él explica que las compra, así como
las obras completas de todos los autores en varios idiomas,
porque como escribe tanto en cualquier momento puede tener que consultarlas para resolver una duda, o sacar una
cita, o en fin. Yo creo que en Eduardo esta adoración se ha

vuelto una manía, digo, lo mismo que pasa con la cantidad de revistas que compra y con los suplementos de los periódicos que ojea rápidamente o con cuidado, según, y va coleccionando con esa obsesión que tiene por todo lo impreso, para lo que sirve. Pero es que Eduardo no es un hombre práctico por vivir pensando en las ideas; para él la cultura y se acabó, gracias a lo cual dicho sea de paso vivimos en la pobreza que usted ve, que aunque digna, bien pobreza que es. ¡Imagínese con su biblioteca cuántos puestos públicos podría tener como han conseguido otros con bibliotecas más pequeñas! Pero él dale que dale con su Cincinato y su querer vivir apartado de los cargos, como si con eso se comiera. Yo a veces me canso y hasta le digo que se fije en lo bien que están Fulano y Fulano sin necesidad de dárselas de tan puros, pero después me arrepiento, pues ésa fue la cruz que escogí en la vida y ni modo[73], ¿no cree?

¿La vida social? Qué le diré. Aquí por lo general acuden muchas personas, visitas más bien formales que Eduardo recibe como parte de su trabajo o de su apostolado (ay sí). ¿Vida social propiamente dicha? En realidad casi ninguna. De vez en cuando nos reunimos aquí o en donde algunos colegas de Eduardo. Cuando vienen a casa con señoras es a veces a mediodía, lo que yo realmente prefiero, porque se van más temprano, uno recoge las cosas y arregla un poco y Eduardo puede descansar a su gusto y al otro día estar bien para la lectura o su paseo; digamos unas ocho gentes que pueden ser amigos entre sí, o no, según los casos. Si son amigos la cosa resulta más fácil y cuando todos se ponen serios o se produce un silencio uno mismo puede hacerlo notar sin que se note, pero para evitar esto siempre ponemos algo de música fuerte de los grandes maestros o ligera tipo americano, bueno, las cosas van menos difíciles aunque por lo regular es un poco aburrido, especialmente cuando los amigos son de los que se ven mucho

---

[73] *Ni modo.* Sin remedio, sin otra posibilidad o manera, sin que pueda hacerse otra cosa: «Si no me quieres, *ni modo*» (*Diccionario fundamental del español de México*, El Colegio de México, 1982).

y se saben unos a otros sus modos, sus chistes y sus respuestas, y a pesar de todo se ríen y yo también me tengo que reír para que vean que no soy tan tonta y que entendí. A veces, en las noches las reuniones son mixtas, o sea cuando son de amigos y de una o dos parejas nuevas que viven en San Blas o que están de paso. De estas últimas tenemos muchas porque los amigos de Eduardo en el extranjero siempre les dan el número del teléfono para que en cuanto lleguen lo llamen y pueda ayudarlos a resolver cualquier problema, o simplemente, como es tan simpático, ¿ve?, para que lo visiten, pues saben que él estará encantado de conocer más gente, como si tuviera tanto tiempo para ver cada vez de nuevo alguna pirámide, templo o el ballet local; este tipo de reuniones, que podría parecer más difícil, no lo es, porque uno desde el primer momento hace las presentaciones de los amigos de aquí con los de paso y entonces ellos se encargan de toda la conversación, que gira generalmente sobre cómo se dice cada cosa en cada país y las palabras que son mala palabra en tal o cual parte, y las vergüenzas, más bien divertidas, que se pasan por esto, sobre todo si el interesado es embajador o va a dar conferencias y no se le informa antes, y resulta diciendo en el Ministerio o en otra embajada algo que[74] todos se quedan viendo unos a otros, o alguna barbaridad que sonroja a la esposa del Presidente y ella se tiene que subir el escote o bajarse la falda o algo; o sobre amigos comunes que ahora viven en otro país y uno no sabía, o que se han divorciado y uno tampoco sabía, a pesar de que eso ya se veía venir pues él tomaba mucho, o ella tomaba mucho o algo; otro bueno ahora es la contaminación o la escasez del petróleo y lo beneficiosa que finalmente va a resultar por el uso de las bicicletas, pero a Eduardo lo aburre y dice que la campaña no debe ser contra el ruido o el humo sino contra la estupidez humana y los otros se ríen dando oportunidad a Eduardo de contar alguna anécdota de las que le digo que ya me sé de memoria, o de tratar de poner a todos de acuer-

---

[74] *Algo que.* Forma elíptica por algo *tan fuerte, atrevido u obsceno* que...

do con esa su seriedad que a mí me da tanta risa aunque no se me note.

Bueno, hasta ahora me he referido a las cenas que aquí en San Blas nosotros llamamos de sentados, o sea las serias, con velas para que se vea más bonito y las dos criadas de uniforme almidonado sirviendo por el lado izquierdo y recogiendo los platos por el derecho, lo que no deja de ocasionar problemas molestos dada su ignorancia de qué lado está cada lado y uno tiene que estarles echando miradas furiosas para que se acuerden de los lados. Pero también nos reunimos de vez en cuando de noche de manera más informal, digamos unos veinte o veinticinco más el mesero, que uno no alquila para presumir como algunos creen sino para que ayude a servir las copas y a traer y sacar los ceniceros por lo menos al principio porque después hay como más confianza y cada quien se sirve y hace lo que quiere con su cigarro; pero de éstas muy poco porque Eduardo se entusiasma con el trago[75] y luego se cansa mucho con lo madrugador que es y al día siguiente se queja todo el día, pero yo ya no le digo nada porque es peor. Por lo general lo que más nos gusta de la vida social son los actos culturales, las inauguraciones de pintura ya sea moderna o antigua, los conciertos y los estrenos de la ópera, incluso la nacional, aunque digan, y esto sí que es una verdadera lástima que no podamos ir nunca por las distancias y el problema del tránsito y de los estacionamientos que es más fácil ir de aquí a otra cuidad que de aquí al centro, lo mismo que nos pasa con el cine y sobre todo con el teatro, que Eduardo adora más que nada, pero que por las mismas razones tenemos que perdernos casi siempre que hay algo bueno, aunque casi nunca hay buenos actos culturales. Otra cosa: como entre nosotros el público culto no es muy abundante, a veces uno se tiene que dividir o multiplicar cuando los actos culturales son varios; por ejemplo, digamos, si algún día hay actos en dos partes distintas, se procura que los horarios sean diferentes por lo menos en media hora porque si no la gente no sabe a cuál ir y si escoge uno de

---

[75] *Trago*. La bebida, las copas, el alcohol.

un filósofo que da su conferencia queda mal con otro de un poeta que también da su lectura, y si hay tres, añadido digamos el de un pintor, pues peor, porque entonces queda mal con dos, y en tal caso tiene que correr en su coche como pueda para hacerse ver aunque sea un ratito en cada uno y quedar bien con los tres, o de otro modo despertar celos siempre inevitables en cualquier carrera.

Sí; un día típico de la vida de Lalo[76] es más o menos como todos los días. Se levanta muy temprano, cuando oye cantar los primeros gallos. Su hermano, que según me cuentan también escribió algo para usted, decía que como a Arquímedes a Eduardo le gusta escribir en el baño y que cuando se le ocurre alguna idea o ley[77] sale corriendo a la calle gritando no sé qué cosa, o como Marat cuando recibió su merecido castigo de Carlota en Weimar[78]; pero si quiere que le cuente la verdad y me promete no decirlo, yo nunca he visto esto. Al contrario, cuando termina de bañarse sale de la tina y desayuna lo de siempre y se pone a esperar todos los periódicos, que en cuanto vienen lee minuciosamente excluyendo las secciones de crímenes (los cuales no le gustan nada) y de deportes, que prefiere ver en la televisión cada vez que los hay para matar sus ratos de ocio, que son los más[79]; lo que lee siempre con profundo interés son los editoriales dizque[80] a fin de normar su criterio, pero nunca está de acuerdo con ninguno por lo intransigente que es en materia de opiniones ajenas aunque siempre dice que daría la vida porque otro tenga derecho a dar la vida

---

[76] *Lalo.* En México, diminutivo familiar y cariñoso de Eduardo.

[77] *Idea o ley.* Principio.

[78] *Carlota en Weimar.* Carmen de Torres resbala peligrosamente y confunde a la asesina de Marat, Carlota Corday, con Carlota von Stein, gran amor de Goethe, y quien, obviamente, no tiene ninguna relación con aquella.

[79] *Sus ratos de ocio, que son los más.* Extraña alusión de la «ignorante» Carmen de Torres al texto cervantino: «Es, pues, de saber que este sobredicho hidalgo, los ratos que estaba ocioso (que eran los más del año) se daba a leer», etc. *Quijote,* I, 1.

[80] *Dizque.* En México, supuestamente.

por sus ideas[81]: después pasa a la biblioteca y se dedica un rato a ver desde lejos los libros, y si por cualquier circunstancia o descuido éste o aquél está fuera de su sitio, o de sí, como él dice por chiste, lo coloca bien; luego escoge alguno y se arrellana en su sillón de cuero favorito, en donde lee como hasta las once de la mañana cuando empieza el calor; a esa hora toma su sombrero y su bastón, y con otro libro, que a veces tarda mucho en escoger, bajo el brazo, sale a dar su paseo matinal al parque para observar la naturaleza (ay sí) y o se pasea en el parque leyendo muy serio, o se encuentra con otros atarantados[82] como él, con los que discute las noticias del día o algún pasaje del libro que lleva él o del que ha traído alguno de sus amigos. Alrededor de la una regresa bien cansado el pobre, por lo que la muchacha ya sabe que en cuanto llegue debe llevarle su refresco. Después de un buen rato de reposo siempre leyendo algo, pasamos a comer solos él y yo, excepto cuando alguno de los hijos se presenta como de costumbre con su esposa y sus niños y hay que poner más platos y aquello se vuelve más bien pesado, que me dispensen. Después de comer viene la siesta, que no perdona jamás por fatigado que se encuentre; pobre Eduardo, la verdad es que en los últimos tiempos lo veo muy cansado, o será el calor. Como a las cinco, ya un poco repuesto, baja de nuevo a la biblioteca a leer o a escribir alguna de las cosas que siempre se le están ocurriendo (ésa es otra: a veces a media noche se despierta, enciende la luz unos instantes, anota algo en un papelito y se vuelve a dormir y en ocasiones a despertar otra vez para repetir la operación, con el consiguiente gusto de mi parte como usted comprenderá, ¿no?; pero él siempre me explica que tiene que ser así porque si en ese momento no lo hace a la mañana siguiente no se acuerda de nada) y que finalmente no sé si las escribe de veras o en broma porque la gente siempre se ríe al leer lo que escribe. Cuando no se le ocurre nada escribe pensamientos.

---

[81] *Daría la vida... por sus ideas.* Reminiscencia bastante confusa del dicho volteriano: «No estoy de acuerdo con tus ideas, pero daría la vida por el derecho que tienes a decirlas.»

[82] *Atarantados.* En México, chiflados.

Si todo marcha bien, la tarde transcurre tranquila y él sigue leyendo o escribiendo sin que nadie en la casa le haga ruido y sin contestar el teléfono, de lo que me encargo yo para decir que no está o para tomar los mensajes. Pero con frecuencia viene alguien sin avisar, por lo general escritoras o escritores jóvenes de San Blas que le traen sus obras ya sea para que él les diga qué tal están o para pedirle un prólogo o recomendaciones para las editoriales o becas. Yo sinceramente creo que aunque él se queje, esto le gusta, pues siempre los recibe muy amable y los invita a que pasen y les hace toda clase de preguntas, que qué les gusta más, que si han leído esto o aquello y cosas de este tipo; yo lo sé porque antes me quedaba un rato y les ofrecía café, pero con el tiempo me aburrí pues las preguntas eran siempre iguales lo mismo que las respuestas. Cuando son muchachos primerizos él es muy atento y les escucha todo; finalmente, después de consultar su agenda, les pide que le dejen el original y que regresen dentro de unos quince días o algo así; con las mujeres es más caballeroso todavía y entonces se las da de antiguo muy solícito sin que por eso el viejo sinvergüenza deje de echar miradas a las piernas de esas golfas que podrían estar pensando en algo mejor o más útil y no en esas cosas que están bien para los hombres; pero en fin, él también les ruega que regresen en unos cuantos días, o semanas, según el volumen. Yo no sé qué le pasa a Eduardo, si es por hipocresía o qué, pero el caso es que hasta ahora a nadie le ha dicho que su libro no sirve para nada; al contrario, por lo general les dice siempre cosas muy bonitas, que sigan por ese camino, etc., etc. Sobre eso se cuentan en San Blas muchas anécdotas; que si a veces, cuando regresan, a los cuentistas les sale con que qué buenos poetas y a los poetas con que qué buenos cuentistas; pero que ellos por el miedo que aquí se le tiene debido a su influencia en San Blas y sobre todo en el extranjero, no se dan por ofendidos, aunque se marchan con la idea de que él ni siquiera ha leído lo que le dejaron; pero qué va, si es rebuena gente con todos esos haraganes que sólo vienen a quitarle el tiempo como si él tuviera toda la vida por delante. Cuando por fin se van y termina de caer la noche, a él le gusta quedarse solo y escuchar un poco de música, regional o de Beethoven, hasta que le entra el cansancio y empieza a cabecear. Yo entonces, como lo conozco y sé lo que está pasando como si lo viera, le digo suavecito desde la recámara: «Lalo, Lalo, ya es tarde», a lo que él me responde que sí, que ya viene, y poco después, restregándose los ojos que se le cierran del puro sueño y medio arrastrando los pies, sin merendar ni nada, pues si lo quiere usted saber la comida es lo que menos le interesa en este mundo, llega, siempre con el libro bajo el brazo, a nuestro cuarto, donde yo le tengo ya lista la cama con sus sábanas frescas; entonces se desviste y se acuesta un poco trabajosamente y después de leer todavía durante varios minutos y sin decirme a veces ni buenas noches Carmela, se va quedando dormido con el libro sobre el pecho, imaginando a saber qué cosas el viejo pícaro, pues medio se ríe entre sueños con esa expresión tan suya de quien no mata una mosca, y que, comoquiera que sea y para decirle la verdad, es lo que en ese momento me hace quererlo más que nunca y aguantarle todas sus mañas.

SEGUNDA PARTE

SELECTAS DE EDUARDO TORRES

Una nueva edición del *Quijote*

Por una atención especial que mucho agradecemos a nuestro distinguido colaborador, jurisconsulto y hombre de letras siempre atento a estas cosas del espíritu, don Damián González, acaba de llegar a nuestras manos un bello ejemplar de la novela *El Quijote,* del conocido y ya clásico escritor peninsular don Miguel de Cervantes Saavedra, salida de las prensas de una prestigiada editorial chilena.

Aunque la crítica de la capital ya habrá comentado este libro, y aunque reconocemos que plumas mejores que la nuestra se han ocupado de él, tanto en la Península propiamente dicha como en otras partes del mundo, pues ha sido traducido a otros idiomas tanto o más sonoros que el propio, no queremos dejar pasar la oportunidad de hacer un somero comentario sobre esta valiosa obra, que fue solaz de nuestra inquieta juventud y es hoy enseñanza de nuestros años maduros.

En efecto, pocas novelas tienen esa particularidad de deleitar enseñando[83], y de pocas, también, se puede decir con más propiedad que *castigat ridendo mores*[84], como dijo el viejo Juvenal. Ningún autor tan incomprendido, tampoco, como el malogrado Manco de Lepanto, llamado así por el defecto que le quedó después de la batalla del mismo nom-

---

[83] *Deleitar enseñando. Lectorem delectando pariterque monendo,* Horacio, *Arte poética,* verso 344.

[84] *Castigat ridendo mores.* Eduardo Torres atribuye esta frase a Juvenal, el satírico romano, siendo de Horacio. Véase nota 10.

bre, y en la que, como se sabe, la Invencible Armada fue vencida, no por las deleznables y envidiosas naves enemigas, sino por los elementos, confabulados contra la gloria de los tercios de Flandes. Pero sin querer nos estamos saliendo del tema.

Si bien es cierto que Cervantes en esta obra escogió como protagonista a un loco, sería injusto suponer que su espíritu generoso intentaba burlarse de un pobre demente que nada le había hecho. No; detrás de ello hay algo más. Detrás de las locuras aparentes del famoso Caballero de la Triste Figura, como él mismo se llamaba, los espíritus privilegiados pueden encontrar pasajes sublimes, todos dedicados a atacar las novelas de caballerías, funesta lectura que, como dice bien el autor, andaba de mano en mano corrompiendo las costumbres y distrayendo a las amas de casa de sus deberes domésticos en que de otra manera se hubieran enfrascado.

Y aun esto fuera poco si el Divino Manco, sobreponiéndose a su propia concepción, no hubiera tenido el acierto de crear, con maestra pluma, el personaje pintoresco de Sancho Panza, zafio y despreciable labrador dedicado tan sólo a satisfacer las más bajas pasiones materialistas, como son las de comer y dormir, en contraste con las altas virtudes de su amo, creador del amor platónico y cuyo descanso era el pelear[85].

Mención aparte merecen las aventuras más famosas, como la de Los Molinos de Viento, la de Los Carneros y la de Los Batanes, donde la risa corre parejas con el llanto, y la reflexión filosófica con el conocimiento profundo del voltario[86] corazón humano. ¿Qué cosas nos quiso decir Cervantes que todavía no han sido bien interpretadas en la obra inmortal? Dejémoslo a nuestros estudiosos. Por ahora contentémonos con esta nueva edición.

Antes de terminar nos gustaría hacer una consideración no por final menos terminante: ojalá que esta magnífica

---

[85] *Descanso era el pelear*. Referencia al romance citado por don Quijote, *Quijote*, I, II: «Mis arreos son las armas / mi descanso el pelear, etc.»
[86] *Voltario*. Inconstante.

obra sea leída por nuestra juventud, esa juventud que ahora sólo piensa en el baile, cuando no en el deporte. Tenemos que lamentar también algunas erratas visibles[87] que mucho perjudican el prestigio de tan gran escritor. Por ejemplo, en la página 38 puede leerse que el protagonista dice «fuyan» en lugar de huyan, como es lo correcto; más adelante hay un «hideputa» que hiere la vista. Debió ser... pero no lastimemos el oído de nuestras delicadas damitas.

Y un último escrúpulo que podrá parecer sin importancia, pero que no tiene otro objeto, de acuerdo con el lema de nuestro periódico, que señalar lo malo ahí donde lo malo se encuentre: en un capítulo a Sancho Panza le roban su inseparable burro, y después aparece otra vez montado en él, sin que se diga cómo pudo haber sido eso. Creemos que no basta con la explicación que más tarde da el autor, pues si él mismo se fijó, ¿por qué no corrigió ese defecto en ediciones posteriores, con lo que todos hubiéramos salido ganando? Todo esto, claro está, son pequeños lunares, dijéramos *peccata minuta*[88] que en nada empañan la gloria inmarcesible del ingenio más lego con que cuenta nuestra querida lengua, una de las mejores y más musicales del mundo.

Tomado de la *Revista de la Universidad de México*[89], Vol. XIII, núm. 5, enero de 1959, que a su vez lo reprodujo del Suplemento Literario de *El Heraldo de San Blas,* de San Blas, S. B., del 8 de noviembre de 1958.

---

[87] *Erratas visibles*. Véase adelante «Carta censoria».
[88] *Peccata minuta*. Latín. Errores sin importancia.
[89] *Revista de la Universidad de México*, dirigida a la sazón por el poeta y escritor mexicano Jaime García Terrés.

Carta censoria al ensayo anterior

Señor Director
Jaime García Terrés

Muy señor mío:

Creo sinceramente, que la calidad de su interesante revista merece el que se ponga un extremo cuidado en la selección de los originales que en ella se publican.

Acostumbrado como estoy a leer en *Revista Universidad de México* un material que, en términos generales, es excelente, me vi sorprendido por el artículo que publican en la página 10 del número 5, Vol. XIII de fecha enero del presente año.

Dicho artículo es firmado por el señor Eduardo Torres y fue tomado del *Heraldo de San Blas*. No dudo del amor del señor Torres por la obra cervantina, pero sí pongo en tela de juicio que un articulito como el suyo, tan plagado de errores garrafales, sea digno de ser reproducido en una revista del prestigio de la de ustedes.

Entre los muchos errores que se pudieran señalar, destacan varios «mortales de necesidad», en los que no creo que incurriera un muchacho de secundaria. Cuando el señor Torres se refiere a Cervantes como el Manco de Lepanto confunde lastimosamente la batalla del mismo nombre (1571, en Lepanto, costas del Sur de Grecia, tremenda derrota de los turcos por las flotas combinadas de España, Venecia y el Papado, comandadas por don Juan de Austria, como usted sabe), con la derrota de la Armada Invencible, que puso fin al poderío marítimo español, frente a Plymouth en Inglaterra, y que tuvo lugar en el año 1588. Además de que se sabe que Cervantes nunca estuvo en la de «la Invencible», sólo por lógica el señor Torres debió suponer que a los 41 que entonces contaba don Miguel, lleno de alifafes[90] y todas las privaciones y cautiverios sufridos para entonces, amén de un brazo menos, no es creíble estuviera frente a Plymouth.

El señor Torres nos llama la atención sobre lo que él considera erratas de Cervantes: las palabras Fuir e Hideputa. El *Diccionario de la Lengua Española,* cuya falta de flexibilidad es notoria, *todavía* admite como arcaísmo palabras tales como: ˙Fuir = Huir; Fumo = Humo; Fijo = Hijo; Figo = Higo. Diariamente, todavía usamos la palabra fugitivo, con raíz del verbo fugir. Con respecto a Hideputa, se puede encontrar en dicho diccionario el siguiente artículo:

«HI.—com. Hijo. Sólo tiene aplicación en la voz compuesta Hidalgo y sus derivados, y frases como hi de puta, hi de perro.»

Por otra parte no es el único caso. Todavía usamos palabras como hidalgo (fijo de algo, fidalgo) y muy comúnmente Usted (Vuestra merced, Vusarcé, Vusted).

Para averiguar el porqué de estas, al parecer caprichosas derivaciones, remito al señor Torres a la *Gramática Histórica* del señor Miguel Asín y Palacios[91]. Es de suponer que si aún hoy estos giros son aceptados, como antiguos, en el Siglo XVI estarían a la orden del día. Así que no creo que el señor Torres deba preocuparse demasiado por las heridas que a su delicada vista infirieron dichos vocablos.

Ya terminando su brillante artículo, dice el señor Torres que Cervantes es «el genio más *lego* con que cuenta nuestra lengua». Si el repetido señor Torres se refiere a Lego como carente de órdenes clericales, está en lo cierto, pero no me explico el uso del comparativo *más.* En este sentido lego se es o no se es. Lego como falto de instrucción o letras me parece un poco injusto para el pobre Cervantes. Lego en el sentido del griego *laikós* = Popular, no sé hasta qué punto sería popular en su tiempo. Difícil cosa en que

---

[90] *Alifafes.* (Del árabe *an-nafaj,* la hinchazon, m. fam.) Achaque generalmente leve. (Acad.)

[91] *Miguel Asín y Palacios* (1871-1944), erudito español, arabista, autor, entre otras obras, de *La escatología musulmana en la Divina Comedia.*

el libro todavía no llegaba al pueblo. En estos tiempos Cervantes es muy conocido pero ¡ay! poco leído.

En cuanto a calificar a Sancho de «zafio y despreciable labrador» dedicado tan sólo a satisfacer las más bajas pasiones materiales como son el comer y el dormir, ¡pobre Sancho! Zafio sí, pero de ningún modo despreciable. Sancho tan bueno, tan ingenuo, tan inquebrantablemente leal; socarrón y malicioso pero tierno y honrado. Glotón cuando podía pero las más de las veces a pan y cebolla. Sancho que sale de un gobierno desnudo como nació, y pide como viáticos medio pan y medio queso, que sabe gobernar como gobernó y renunciar con la dignidad con que renunció, será cualquier cosa menos despreciable. ¡Pobre Sancho! Nadie te ha tratado tan despiadadamente.

Para terminar, quiero hacer notar que esta carta no obedece a un prurito de crítica. Por el contrario, siendo un asiduo y entusiasta lector de su revista, creo de este modo contribuir modestamente a evitar que en lo sucesivo se deslicen artículos como el que nos ocupa, entre los casi siempre magníficos trabajos que nos brindan ustedes.

Muy agradecido a la atención que se sirvan prestarme, me es grato suscribirme de ustedes su atto. y afmo., s. s.

F. R.

Tomado de la *Revista de la Universidad de México*, Vol. XIII, Núm. 8, abril de 1959.

Traductores y traidores

Flor que toco se deshoja[92].

BÉCQUER

Después de largos años de experiencias mezcladas con no pocas satisfacciones de toda especie, a estas alturas nadie ignora ya que traducir es tal vez —y aun, para no exagerar, sin tal vez—, de todas las ramas que abarca la curiosa mente humana, si no la más difícil sí una de las menos fáciles. *Traduttore traditore*[93], se dice oscuramente en italiano. Nada más claro, en verdad, pero, ¿hasta qué punto? Esbocemos nuestra propia teoría en el orden lógico que le corresponde.

En primer lugar, y esto es inherente a la conocida condición humana, para que haya traición ésta no sólo debe existir sino ser consciente en más de un aspecto, para usar un lugar común; en segundo lugar, el solo hecho de emprender una nueva versión nos está diciendo ya a todas luces que el autor de ésta no piensa traicionar a su pupilo por nada del mundo. Otra cosa, y los ejemplos podrían traerse a porrillo, es cuando el traductor resulta por naturaleza de índole tan descuidada que traiciona sin querer o se deja llevar por el entusiasmo que toda obra maestra genera de por sí en ciertos casos. Resumiendo: la traición, como hemos visto, si quiere que se tenga por tal, tiene que ser deliberada; cuando se da, como sucede con frecuencia, puede ser también por descuido. He ahí el verdadero pro-

---

[92] *Flor que toco se deshoja.* Verso de la rima de Gustavo Adolfo Bécquer: «Mi vida es un erial / flor que toco se deshoja, / que en mi camino fatal / alguien va sembrando el mal / para que yo lo recoja.»

[93] *Traduttore traditore.* Italiano, juego de palabras: traductor, traidor.

blema, dividido tajantemente en sus dos partes insepara-
bles.

Sólo quien no ha traducido nada ignora las dificultades
concomitantes a la traducción. Veamos.

Qué es lo que debe hacerse cuando uno se lo propone,
¿traducir la letra o el espíritu? Este nuevo dilema, como si
el anterior, con ser lo que hemos visto, ya hubiera quedado
resuelto, es el primer cargo de conciencia en la vida privada de todo traductor. Y no es para menos. Si se decide, piensa éste preocupado en su cama durante las noches, por la
traducción literal (que muchos propugnan con afán hasta
cierto punto sensacionalista) se estará concretando a tras-
ladar mecánicamente (ejemplos: inglés *piano* = español *piano;* alemán *intelligenzia* = español *inteligencia,* etc.) palabras de un idioma a otro, olvidando quizá los más inteligentes idiotismos, descuidando las excelencias del primero,
y pervirtiendo en su defecto la peculiar esencia del segundo, en el que piano, así como así, no suena nunca igual. Si
va al otro método, o sea el más o menos libre, ¿no estará
atribuyendo las insidias de un alma abyecta o mediocre al
estro sublime del inmortal autor?

Entonces, se me preguntará dentro de la lógica más elemental, ¿es preferible evitar a toda costa la traducción? No
seré yo quien resuelva este problema que viene desde Cervantes[94], con ser quien era. Yo en lo personal digo únicamente que si en cualquiera de sus formas y por cualquier
lado que se la vea la traducción es mala, en la duda uno
debe abstenerse. Y tal vez tendría que ser así si ya el Estagirita[95] no nos hubiera prevenido en el pasado más que
inmediato que en tales casos existe la solución genial, como
todo lo de él, del gusto medio[96], o *aurea mediocritas*[97],

---

[94] *Viene desde Cervantes.* Referencia a las palabras de don Quijote sobre la traducción. Véase *Quijote,* II, LXII..

[95] *El Estagirita.* Aristóteles.

[96] *Gusto medio.* Juego de palabras por «justo» medio.

[97] *Aurea mediocritas.* Latín: Dorada medianía. Véase Horacio, *Odas,*
II, 10, 5.

como bien apuntó en su momento oportuno el no menos inolvidable cerdo de la piara de Epicuro[98].

Esta, por decirlo así, tercera posición o (llevando el símil hasta sus últimas consecuencias) coexistencia pacífica de un problema a todas luces insoluble en cualquier campo, no peca de tendencia hacia un lado u otro del péndulo, pues finalmente todo puede reducirse a una sencilla ecuación matemática: úsese la traducción literal siempre que pueda hacerse y así convenga al espíritu, y la espiritual o libre cuando la letra lo exija, ya sea por la fuerza del tema, del consonante o de los acontecimientos.

Tal vez estas divagaciones serían ociosas si en los últimos tiempos yo mismo no hubiera dedicado parte de mis ocios a este divertimento[99]. Pero ahora, para abreviar, pues el tiempo, como de costumbre, está pasando, sólo quiero relatar en muy pocas palabras mi experiencia con la traducción de un poema del poeta alemán Christian Morgenstern[100], por ser un caso, además, tal vez único en ambas lenguas.

Al notar la estructura del poema me planteé desde el principio mismo la famosa disyuntiva: ¿letra o espíritu? Claro que de acuerdo con la línea de conducta que una y otra vez me tracé desde la infancia, al final decidí optar por los dos, cada uno por su lado. Así en medio puede verse el poema original:

---

[98] *Cerdo de la piara de Epicuro.* Horacio: *Epicuri de grege porcum, Epístolas,* I, 4, 16. Hay también una fábula de Monterroso con este título en *La Oveja negra y demás fábulas.*

[99] *Divertimento.* Divertimiento.

[100] *Christian Morgenstern* (1871-1914), poeta paródico y satírico alemán, autor de *Palmström* y *Galgenlieder.*

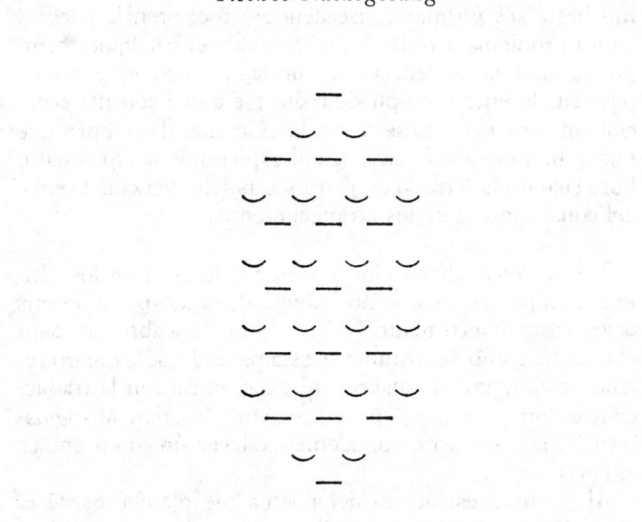

y en la próxima página, en los extremos izquierdo y derecho, como el buen y el mal ladrón de la leyenda, las versiones literal y espiritual:

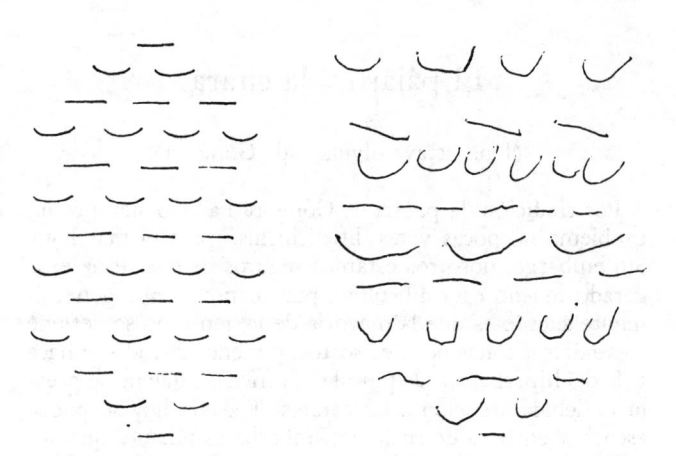

Ahora bien, y para finalizar, ¿con cuál de las dos se queda el buen o el mal lector, que también los hay? Es indudable que con la que mejor le parezca; o con ninguna, si ejerce a su sabor la libertad que se desprende de todo arte por esencia no sujeto a pasiones, reglas, o presiones internas.

El pájaro y la cítara

(Una octava olvidada de Góngora)

Por tradición, la poesía de Góngora ha sido siempre un problema no pocas veces difícil incluso para el más lego. Sin embargo, nosotros estamos seguros de que se ha exagerado mucho esta dificultad, por cuanto lo que generalmente sucede es que la mayoría de la gente no se detiene a estudiar a conciencia los textos, y menos cuando se hace gala del hipérbaton (de plural tan difícil), o que no se presta la debida atención a las erratas. Todavía hoy se puede escuchar en boca de cualquier imberbe estudiante que *Ser y Tiempo (Sein und Zeit),* del filósofo tudesco Martin Heidegger, por ejemplo, es un libro difícil, lo que no revela sino una completa falta de atención por parte del lector. ¿Qué no sucederá, pues, con un autor como don Luis de Góngora y Argote (1561-1627), que escribió habrá[101] ya tres siglos y medio?

Como es sabido, una de las octavas más oscuras de su famoso *Polifemo,* incluido en sus *Obras Completas,* es la que, por antonomasia, podríamos llamar del *pájaro y la cítara.* A manera de contribución al esclarecimiento de este interesante trabajo, y aun a riesgo de que se nos tilde de imitadores de otros insignes filólogos y estudiosos que con anterioridad se han ocupado de ella, nos proponemos en seguida dar nuestra modesta versión, como un homenaje, siquiera sea tardío, en el cuarto centenario del nacimiento del bardo, aparte de que todos debemos poner nuestro grano de arena. Para mayor claridad publicamos las dos lecciones, la del poeta y la nuestra, que son las mismas con ligeras variantes excepto por los escolios o comentos

---

[101] *Habrá.* Arcaísmo por hará.

con que aclaramos la que sin falsos complejos llamaremos nuestra.

> *Templado pula en la maestra mano*
> *el generoso pájaro su pluma,*
> *o tan mudo en la alcándara que en vano*
> *aun desmentir al cascabel presuma;*
> *tascando haga el freno de oro cano*
> *del caballo andaluz la ociosa espuma;*
> *gima el lebrel en el cordón de seda,*
> *y al cuerno al fin la cítara suceda.*

Hasta aquí don Luis. Ahora como suele decirse, al toro [102]:

> *Templado pule* en la maestra mano*

No presenta problemas.

> *el generoso pájaro su pluma*

¿Empiezan las dificultades? Veamos que no: El «generoso pájaro» no es otro que el poeta pensativo** —¿recordáis la imagen de Cervantes, inmortalizada por Gustavo Durero [103], cuando no se le ocurría nada para el prólogo de su libro genial?— que, con maestra mano, pule —léase «corta»; en la más remota Antigüedad se usaban plumas de ave para escribir, principalmente cuando se trataba de poesía— la péñola.

> *o tan mudo en la alcándara que en vano*

---

[102] *Al toro*. En México: al problema.

* «Pula» en versión original, por errata evidente.

** La comparación del poeta con un pájaro cantor está en la mente de todos. Piénsese en Shakespeare, el «Cisne» del Avón.

[103] *Gustavo Durero*. Mezcla, no se sabe si deliberada o no, de los nombres del gran ilustrador francés del *Quijote*, Dante, Ariosto y otros clásicos, Gustavo Doré (1833-1883), y del pintor y grabador alemán Alberto Durero (1471-1528).

No presenta problema.

aun desmentir al cascabel presuma;

En la simbología española el cascabel representa la alegría y aun el jolgorio, cosas que al poeta no le apetecen en ese momento (¡tate!: sólo en ese momento; recuérdese que Góngora era andaluz: véase el verso sexto), pues está mudo, como si dijéramos absorto, pensando en otra cosa.

tascando haga el freno de oro cano

No presenta problema. Como todos los versos de Góngora, y parece que en esto no han reparado los especialistas, éste se explica por el que le sigue.

Quizá, para evitar malentendidos, debamos adelantar que el «oro cano» [104] no es otra cosa que la simple plata, y advertir que la «h» de «haga» debe aspirarse, como si dijera* «faga», para que salga el endecasílabo.

del caballo andaluz la ociosa espuma;

La espuma es siempre ociosa, no se está quieta nunca, y menos en boca de un caballo andaluz, tan famosos a la sazón por su fogosidad como el acero toledano por su temple, cuando tasca el freno, no de oro, recuérdese —no hay frenos de oro, o por lo menos no debía de haberlos por entonces—, sino de plata, con que en Andalucía se adorna la boca de los caballos.

gima el lebrel en el cordón de seda,

---

[104] *Oro cano*: Plata. Véase Antonio Machado, *Juan de Mairena*, edición de Antonio Fernández Ferrer, 2 vols., Ediciones Cátedra, pág. 102, vol. I: «¡Oh, anhelada plata rubia, / tú humillas al oro cano!»

y más adelante:

«Plata rubia, en leve lluvia, / es temporal de oro cano: / cuanto más la plata es rubia / menos lluvia hace verano.

* Ver explicación más amplia de este fenómeno en las alusiones del censor de E. T., señor F. R., en páginas anteriores.

No presenta problema. Los perros gimen mucho cuando están amarrados con un cordón de seda. Góngora se valió aquí de esta conocida imagen para hacer resaltar el efecto del magistral hipérbaton con que dio fin a la discutida octava:

y al cuerno al fin la cítara suceda.

El poeta, desesperado porque no se le ocurre nada a pesar de la calma que se respira en su alcándara (alcándara = aposento = estudio)[105], arroja con violencia la pluma (poético: cítara) como exclamando:

Suceda al fin: ¡Al cuerno la cítara!

es decir: ¡Al fin y qué! ¡Al cuerno con la cítara, suceda lo que suceda!, en un exabrupto tan propio del carácter irritable de los españoles de aquel tiempo, como de la raza de los poetas en general, *genus irritabile vatum*[106], que decía el socarrón de Horacio.

Tomado de la *Revista de la Universidad de México,* Vol. XVI, Núm. 12, agosto de 1962, que a su vez lo reprodujo del *Suplemento Literario* de *El Heraldo de San Blas,* de San Blas, S. B., del 14 de julio del mismo año.

---

[105] *Alcándara=aposento=estudio.* Eduarto Torres da por supuesto que alcándara es sinónimo de aposento y aposento de estudio.
[106] *Genus irritabile vatum,* Horacio, *Epístolas,* II, 2, 102: La raza irritable de los poetas.

Decálogo del escritor

Primero. Cuando tengas algo que decir, dilo; cuando no, también. Escribe siempre.

Segundo. No escribas nunca para tus contemporáneos, ni mucho menos, como hacen tantos, para tus antepasados. Hazlo para la posteridad, en la cual sin duda serás famoso, pues es bien sabido que la posteridad siempre hace justicia.

Tercero. En ninguna circunstancia olvides el célebre *dictum* [107]: En literatura no hay nada escrito.

Cuarto. Lo que puedas decir con cien palabras dilo con cien palabras; lo que con una, con una. No emplees nunca el término medio; así, jamás escribas nada con cincuenta palabras.

Quinto. Aunque no lo parezca, escribir es un arte; ser escritor es ser un artista, como el artista del trapecio [108], o el luchador por antonomasia, que es el que lucha con el lenguaje; para esta lucha ejercítate de día y de noche.

Sexto. Aprovecha todas las desventajas, como el insomnio, la prisión, o la pobreza; el primero hizo a Baudelaire, la segunda a Pellico [109] y la tercera a todos tus amigos es-

---

[107] *Dictum*. Latín: aserto, sentencia.
[108] *Artista del trapecio*. Alusión al cuento de Franz Kafka (1883-1924) del mismo nombre.
[109] *Pellico*, Silvio (1789-1854), escritor y patriota italiano, autor de *Mis prisiones*, relato de su vida. Tradujo el *Manfredo* de Byron.

critores; evita, pues, dormir como Homero[110], la vida tranquila de un Byron[111], o ganar tanto como Bloy[112].

Séptimo. No persigas el éxito. El éxito acabó con Cervantes, tan buen novelista hasta el *Quijote.* Aunque el éxito es siempre inevitable, procúrate un buen fracaso de vez en cuando para que tus amigos se entristezcan.

Octavo. Fórmate un público inteligente, que se consigue más entre los ricos y los poderosos. De esta manera no te faltarán ni la comprensión ni el estímulo, que emana de esas dos únicas fuentes.

Noveno. Cree en ti, pero no tanto; duda de ti, pero no tanto. Cuando sientas duda, cree; cuando creas, duda. En esto estriba la única verdadera sabiduría que puede acompañar a un escritor.

Décimo. Trata de decir las cosas de manera que el lector sienta siempre que en el fondo es tanto o más inteligente que tú. De vez en cuando procura que efectivamente lo sea; pero para lograr eso tendrás que ser más inteligente que él.

Undécimo. No olvides los sentimientos de los lectores. Por lo general es lo mejor que tienen; no como tú, que careces de ellos, pues de otro modo no intentarías meterte en este oficio.

Duodécimo. Otra vez el lector. Entre mejor escribas más lectores tendrás; mientras les des obras cada vez más refinadas, un número cada vez mayor apetecerá tus creaciones; si escribes cosas para el montón nunca serás popular

---

[110] *Dormir como Homero.* Alusión disparatada al *qundoque bonus dormitat Homerus* de Horacio, *Arte poética,* 359: También de vez en cuando el buen Homero dormita, es decir, todo gran escritor comete errores.

[111] *La vida tranquila de un Byron.* Como se sabe, la vida de Lord Byron (George Gordon, 1788-1824) fue todo, menos tranquila.

[112] *Bloy,* León (1846-1917), novelista y ensayista francés autor de *La mujer pobre, El peregrino del Absoluto,* etc. Vivió y murió en la miseria.

y nadie tratará de tocarte el saco en la calle, ni te señalará con el dedo en el supermercado.

Tomado de *La Cultura en México,* Suplemento de *Siempre!,* Núm. 404, 5 de noviembre de 1969. Al final de la nota introductoria de éste y otros textos de E. T. recogidos en ese número se lee: «Por último, hay que aclarar que el Decálogo, según comunicación del propio Torres, tiene doce mandamientos con el objeto de que cada quien escoja los que más le acomoden, y pueda rechazar dos, al gusto. "Si la raza humana", añade, "ha rechazado siempre los de la Ley de Dios, ésta es una precaución hasta cierto punto ingenua".»

Día Mundial del Animal Viviente

Este mes se celebra en todo el mundo el Día Mundial del Animal Viviente, que comprende a todos los seres vivos de la Creación, desde la recalcitrante amiba hasta la conífera más solitaria. Puede decirse que, entre otros, en el reino de la Naturaleza hay de todo; pero es en el reino animal donde se da con mayor abundancia. Más como una abstracción que como otra cosa, piénsese un momento en un mundo sin animales; sería un mundo desierto (aunque no sin vida, porque en el reino vegetal la hay casi de sobra), un mundo en el que el aburrimiento sentaría sus reales.

Pero aparte del mineral, del vegetal y del animal, en la Naturaleza, siempre rica, hay también otro reino: el reino de la divagación. No entremos en él. El objeto de estas líneas no es más que el de llevar al lector, como quien dice, de la mano, a nuestro homenaje a este día, que en la presente ocasión hemos querido gráfico, es decir, sin válidas retóricas ni alusiones molestas, y en el que aparecen hermanados volátiles, lobos y leones, dando así una lección más al hombre, según Hobbes[113] lobo del hombre, y aun, desde el punto de vista del lobo, hombre del lobo.

---

[113] *Hobbes*, Thomas (1588-1679), filósofo inglés, autor de *El Leviatán*. Repite la idea de Plauto según la cual el hombre es el enemigo del hombre, literalmente, el «lobo»: *Homo homini lupus*.

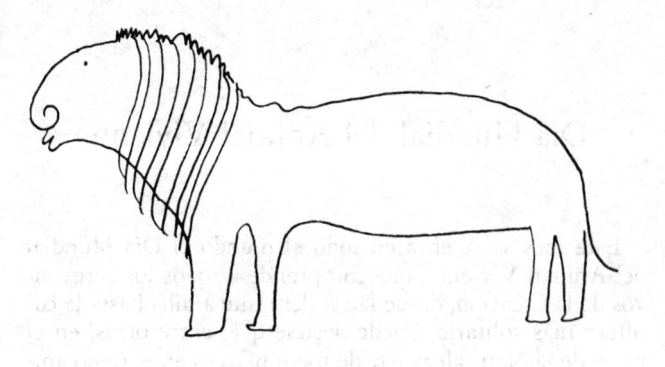

León

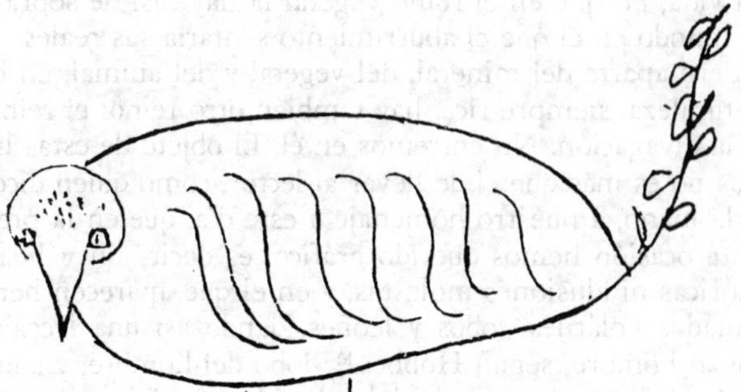

Ave Fénix

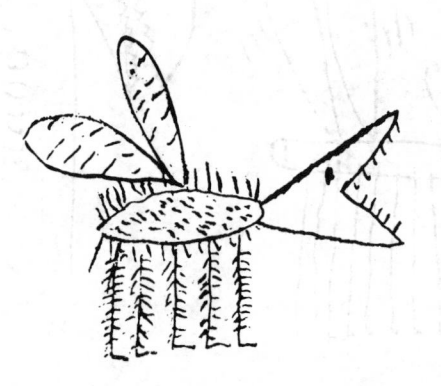

Lobo (cachorro)

Mosquito (1)

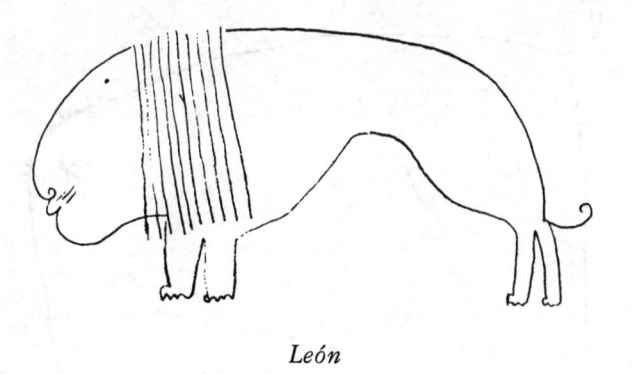

León

Mosquito (2)

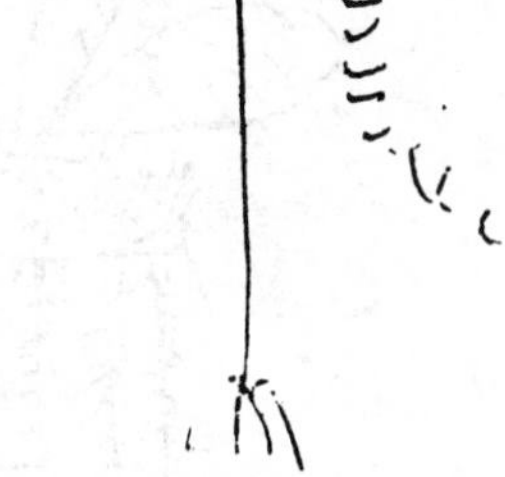

Ave común

Tomado de la *Revista de la Universidad de México,* Vol. XVIII, Núm. 2, octubre de 1963, que trae la siguiente nota: «El 17 de agosto de 1963, en celebración del Día Mundial del Animal Viviente, el Suplemento Literario de *El Heraldo de San Blas,* San Blas, S. B., publicó los dibujos que aparecen aquí, acompañados de una nota introductoria de Eduardo Torres, director de ese Suplemento, nota que reproducimos pero que no hacemos nuestra en todos sus términos.»

Los dibujos se reproducen ahora con permiso de dicho Suplemento.

Leones

El salto cualitativo

—¿No habrá una especie aparte de la humana —dijo ella enfurecida arrojando el periódico al bote de la basura— a la cual poder pasarse?

—¿Y por qué no a la humana? —dijo él.

Tomado de *La Cultura en México*, Suplemento de *Siempre!*, Núm. 404, 5 de noviembre de 1969.

Ponencia presentada por el doctor Eduardo Torres ante el Congreso de Escritores de Todo el Continente celebrado en San Blas, S. B., durante el mes de mayo de 1967

a) Se declara que deben establecerse urgentemente mejores relaciones entre el escritor y la escritora.

b) Que para garantizar de manera real y efectiva la libre emisión de sus concepciones, a partir de esta fecha se prohíba a los escritores de ambos sexos el uso exagerado de cualquier clase de anticonceptivos, toda vez que muchas monstruosidades literarias de los últimos años (principalmente en el campo de la novela, el cuento, el ensayo y la poesía) han tenido su origen en esa reconocida práctica exótica.

c) Que para los fines del caso se obligue o recomiende a los Ministros de Educación del Continente la lectura de todo libro que estimen oportuno.

d) Que para que los escritores puedan ventilar en forma adecuada sus diferencias, las autoridades sanitarias de cada país, debidamente identificadas, coloquen ventiladores *ad hoc* en las casas de los más pobres, de preferencia cerca de sus máquinas de escribir, o plumas.

e) Que en vez de perseguir a los escritores, las autoridades persigan a las escritoras, tarea que, como una maldición bíblica, se ha dejado hasta la fecha a los primeros, con los resultados ampliamente conocidos en el Departamento

Demográfico (ver *Informe anual* del mismo, Vol. 13, 1965) y en clínicas menos honestas.

f) Que por elemental cortesía todo libro escrito por escritora sea leído antes que cualquier libro escrito por escritor.

g) Que a la hora de editar cualquier clase de libro los editores acaten *motu proprio* la resolución precedente.

h) Que cuando publiquen algún libro de carácter subversivo, los editores del mismo ofrezcan un coctel a las autoridades para suavizar de alguna manera los perniciosos efectos de la publicación.

i) Se declara suficientemente discutido y aceptado que entre los escritores como entre las escritoras el derecho a la opinión ajena es la guerra[114].

j) Con el impostergable objeto de fomentar las relaciones entre los escritores del Continente, se establece de manera obligatoria que los que deseen tratarse de tú o vos[115] lo hagan así; los que deseen tratarse de usted, también; y los que no deseen tratarse de ningún modo no se traten ni de tú, ni de vos, ni de usted, según las circunstancias.

k) Como resultado de la actual experiencia, se reconoce a nivel continental que la mejor manera de dejar de interesarse por las obras de los otros autores consiste en conocer personalmente a éstos.

---

[114] *Entre los escritores... es la guerra.* Variación del apotegma de Benito Juárez (1806-1872), presidente de México que luchó contra la intervención extranjera y el imperio de Maximiliano de Habsburgo: «Entre los individuos como entre las naciones, el respeto al derecho ajeno es la paz.»

[115] *Tratarse de tú o vos.* En Centroamérica y en algunos países de América del Sur predomina el tratamiento de «vos» en lugar de «tú» entre parientes y amigos de confianza. Mucho se ha escrito sobre este fenómeno lingüístico sin que hasta hoy exista un acuerdo sobre su origen.

l) Que las ideas deben ser difundidas a través de todos los medios disponibles por los dueños de los mismos, a fin de hacerlas llegar adecuadamente a un público cada vez más amplio y sediento de ellas.

m) Que para defenderse de la explotación a que por lo común los someten los editores, los escritores que así lo prefieran se nieguen a publicar sus libros bajo las condiciones de aquéllos y los lleven a las editoriales que el Estado creará de acuerdo con la recomendación *n*).

n) Se recomienda que los respectivos Estados establezcan editoriales (naturalmente sin ningún género de injerencia en ellas) para beneficio de aquellos autores que prefieran negarse a publicar sus libros bajo los inicuos convenios de los editores y defenderse así de la sangría permanente a que éstos los sujetan con fines inconfesables.

ñ) Que el Estado, aparte de la mención honorífica acostumbrada, obsequie una residencia a los mejores poetas de cada año o mes, en los lugares que éstos escojan.

o) A fin de garantizar un merecido descanso a nuestros hombres y mujeres de letras, se les recomienda, cuando carezcan del deseo correspondiente, la abstención entre ellos de todo tipo de amor libre.

p) Que para evitar la explotación que sobre los creadores ejercen los libreros, el escritor remita gratuitamente sus libros a los miembros de esta Sociedad, lo que le garantizará recibir multiplicados en progresión geométrica (de acuerdo con el creciente número de miembros) los que envíe, para su mayor solaz y esparcimiento.

q) Que cuando algún compañero, ya sea por sus ideas políticas, por sus vicios o por sus malas artes en cualquier terreno fuere debidamente encarcelado, todos los miembros de esta Sociedad le envíen en el acto sus libros, ya sea como muestra de solidaridad o de franco repudio.

r) Se escoge «Escribir es Vivir» como nuestro lema.

s) Que vista la enormidad de las distancias y la creciente falta de tiempo para leer las obras de los compañeros, se reconoce el derecho de cada uno a releer la propia, con la calma que estime necesaria.

t) Que si el Estado es fuerte, unidos seremos aún más fuertes que el Estado, pues no debemos olvidar que nuestra fuerza como escritores y escritoras es, si no inferior, por lo menos igual a la de cualquier otro arte o ciencia.

u) Que en caso de padecer encarcelamiento injusto cada escritor se convierta en una verdadera esfinge y en los interrogatorios pronuncie cada vez que pueda frases enigmáticas o ininteligibles que llenen de confusión al enemigo.

v) Que cuando un escritor sufra injustamente exilio involuntario convierta éste, si es posible en el instante mismo de abandonar el aeropuerto o barco, en exilio voluntario, lo que redundará en justo desprestigio del gobierno espurio, o dictadura.

w) Que deberán hacerse constantes pronunciamientos contra la guerra, que en el fondo sólo trae molestias, cuando no destrucción y muerte.

x) Que los escritores mantengan abundante y amena correspondencia entre sí para no perder los contactos tan penosamente hechos por medio de éste y similares congresos.

y) Que cualquier crítica a éste o futuros congresos del mismo carácter sea aceptada sin afectación ni falsa amargura, de acuerdo con los principios que nos unen, que por lo general son más que los que nos desunen.

z) Se declara finalmente que todo escritor cuenta con el inalienable derecho a hacer caso omiso de cualquier dificultad o escollo y convertirse en un *best seller,* sin que ello, en ninguna circunstancia, signifique éste u otro tipo de superioridad sobre sus compañeros, o ventaja para el editor.

Tomado de *La Cultura en México,* Suplemento de *Siempre!,* Núm. 444, 12 de agosto de 1970, que a su vez lo reprodujo del Suplemento Literario de *El Heraldo de San Blas,* de San Blas, S. B., del 19 de junio de 1967.

De animales y hombres

«Bebe quieto» le decía un taimado
cocodrilo.

SAMANIEGO

Durante los últimos meses he cedido a la tentación de
no escribir sobre este libro*, más por razones literarias que
por otra cosa; pero durante varios instantes reflexioné
que sería mejor esperar por lo menos la segunda edición, que
ahora llega felizmente a mi mesa de trabajo. Así, pues, manos a la obra, sin las timideces o la falta de atención propias del trato amistoso.

Intermitente autor de amenos ensayos y relatos, pero antes de un solo libro constituido por trece de estos últimos
(Obras completas [y otros cuentos]) [116], que la famosa Universidad Nacional Autónoma de México publicó por primera vez en 1959, Augusto Monterroso, sujeto de estas líneas, nos ofrece hoy esta nueva obra, en la que reúne cuarenta textos que, tal el caso de Rilke [117] con sus recordadas
Elegías de Duino, escribió en un rapto de inspiración, con
la salvedad de que a nuestro autor ese rapto le duró alrededor de diez años, pues entre el espacio y el tiempo existe
en su obra la misma distancia que entre el tiempo y el espacio en la de cualquier contemporáneo preocupado por el
paso o la ubicación de uno y otro.

---

* *La oveja negra y demás fábulas,* México, Editorial Joaquín Mortiz,
1969, 2.ª edición, 1971.

[116] *Obras completas (y otros cuentos),* colección de cuentos del autor.
México, 1959; Seix Barral, Barcelona, 1981.

[117] *Caso de Rilke.* Se dice que Rainer Maria Rilke (1875-1926), poeta
checo de lengua alemana, compuso sus *Elegías de Duino* en un estado de
inspiración que le duró unos diez días.

Ahora bien, ¿puede tomarse esto como un reproche? Sí y no, según se desee. Pero una vez más podemos notar que *chi va piano va lontano*[118], como dice el pueblo amante de la música por antonomasia. Del mismo modo, es fácil percatarse de que la larga espera a que Monterroso nos tuvo sometidos de nuevo, no obedeció de ninguna manera a un morboso prurito de atormentar al lector enfrentándolo a la nada (Kierkegaard)[119], sino al sosegado ritmo con que trabaja y *exprime*[120] (como se dice en francés) sus textos, para extraerles inmisericorde ese dulzor amargo propio de ciertos cítricos con que clava el aguijón de su sátira en las costumbres o *mores* más inveteradas para castigarlas *ridendo* (Juvenal), y que tan positivo resultado ha dado en todos los tiempos, ya que al presente las malas costumbres prácticamente no existen, excepto en manos de viciosos y tipos por el estilo.

Pero no nos alejemos de nuestro tema, que, como puede suponerse, también tiene lo suyo. Decíamos que Monterroso va *piano**; pero debemos añadir que su parquedad corre parejas con su lentitud. De donde resulta que no sólo nos hace esperar sino que cuando se decide y nos da, nos da poco en cantidad. Y aquí viene a pelo un buen símil. ¿Habéis observado a la diligente Hormiga cuando lleva en los debilitados hombros una carga desproporcionada a sus fuerzas, cómo sufre, cuál cae aquí y allá, cuál se agita y gime y suda y a veces se duerme dulcemente acariciando quién sabe qué sueños, para después volver a su fardo, y cómo se angustia ante la lejanía de la meta final en que quizá, y aun sin quizá, la espera la bota del malvado campesino, o la vara del niño malo de la aldea que la aguarda con la sonrisa peculiar de la inocencia en los labios pero al mismo

---

[118] *Chi va piano va lontano*. Italiano: Proverbio: Quien va despacio va lejos.

[119] *Kierkegaard*, Sören Aabye (1813-1855), filósofo existencialista danés, autor de *El concepto de la angustia, Diario de un seductor, O esto o aquello*, etc. Sus doctrinas fueron seguidas por Heidegger, Sartre y Camus.

[120] *Exprime*. Francés. *Exprimer* no significa exprimir, sino expresar. Torres juega con el vocablo.

* Lentamente.

tiempo con la fría mirada del que piensa tan sólo en la destrucción de vidas laboriosas y útiles a la Sociedad? Tal los textos demasiado largos, sobre todo cuando se trata de textos breves y no de novelas... a las que pudiera pensarse malévolamente que me estoy refiriendo con el símil, tal vez más que traído por los cabellos, o las antenas, de este sufrido insecto. Cada quien, pues, lleve al fardo que sus energías le permitan, y recuerde que en cualquier caso arar ha sido siempre una tarea que pueden compartir al unísono el Buey y la Mosca, dicho esto sin entrar a saco en los difíciles terrenos del autor.

¿Quién lee hoy fábulas? ¿Quién lee al malicioso La Fontaine, a Esopo sabio, a Fedro prudente, a Hartzenbusch, al excelso conde[121], al ameno Lizardi[122]? Todo el mundo; quizá por ser éste un género reservado a muchos escritores y, por ende, con el sabor de la fruta del cercado ajeno (Garcilaso)[123]. Es probable que de ahí haya partido el interés de nuestro inquieto autor en brindarnos este puñado de apólogos o enxiemplos[124] que, y esto ha trascendido ya por la prensa diaria y las revistas literarias de la capital, interesa por igual a niños (ver la fábula titulada «Origen de los ancianos»), jóvenes (ver «La honda de David») y viejos (ver las restantes).

Pero os ruego me permitáis añadir algo más.

A riesgo de pasar por escéptico, pero convencido sin duda de que los seres humanos no valen nada, y de que tampoco, por tanto, vale la pena ocuparse de ellos ni de sus

---

[121] *Excelso conde*, alude a *El Conde Lucanor*, o *Libro de Patronio*, colección de cuentos recogidos por el Infante Don Juan Manuel, hombre de estado y autor español del siglo XIV. Escribió también el *Libro del caballero y del escudero*, tratado de caballería.

[122] *Lizardi*, José Joaquín Fernández de (1776-1827), novelista y periodista mexicano conocido también como El Pensador Mexicano, autor de *El periquillo sarniento, La Quijotita y su prima*, etc.

[123] *Fruta del cercado ajeno*. Alusión al célebre soneto de Garcilaso de la Vega que comienza: «Flérida para mí dulce y sabrosa / más que la fruta del cercado ajeno.»

[124] *Enxiemplos*, o ensiemplos, arcaísmo por *ejemplo*, historia ejemplar. De esta manera llama el Infante Don Juan Manuel a cada uno de sus cuentos de *El conde Lucanor*.

152

problemas al parecer insolubles como la sal en el agua[125], el autor de este libro singular en su misma pluralidad ha preferido buscar refugio en el vasto mundo de los animales y otros seres mitológicos igualmente despreciados, como quien se sale por la tangente o por el reverso de una áurea moneda gastada ya por el incesante tráfico a que la somete la codicia del hombre. Así, en diversas ocasiones nuestro curioso escritor se internó (aunque él no lo declare en su modestia de irredento viajero) en la Selva oscura* de un lejano país. ¡Qué mundo tan diferente encontró y nos pintó en su obra! No existen allí vendedores ni compradores, ni circulan por entre las lianas los conceptos de «tuyo» y «mío», como sucedía en la Edad de Oro[126]. Por el contrario, siendo también aquélla una sociedad de consumo, este consumo se da allí en forma natural, y lo único que se requiere es alargar la mano[127] (como quería Cervantes), o esperar al acecho y aguzar el oído (como hubiera querido Beethoven), o localizar la presa y no perderla de vista (como deseaba Homero) para procurarse el sustento diario, o nocturno, según el uso y costumbres de cada quien o región. Por otra parte, la tradicional majestad del León es allí verdadera majestad (ver pág. 11 y otras) y no actitud afectada como la de los falsos emperadores o mandatarios de cualquier laya; y el Gorila ocupa el sitio que le corresponde en esa comunidad sin artificios bélicos, arreglada de acuerdo con la disposición divina y, quizá por esta misma razón, bastante más lógica: allí el Mono imita al hombre y no el hombre al Mono, como acontece entre nosotros; el Burro se asusta cuando se acerca al arte, o al amor, según

---

[125] *Insolubles como la sal en el agua.* Véase nota 5.

* Quizá perturbada por el recuerdo de Dante, la crítica no especializada ha querido ver en esta Selva una alegoría de la mente humana con sus intrincados vericuetos; nosotros añadiríamos que el corazón (Pascal) tiene también algo que reclamar aquí, por desprestigiado que se halle en nuestra época.

[126] *«Tuyo» y «mío».* Edad de Oro. Alude al discurso de don Quijote a los cabreros sobre la Edad de Oro (*Quijote*, I, XI).

[127] En éste y en los dos ejemplos siguientes el humor negro de Eduardo Torres hace alusión, por supuesto, y en su orden, a la manquez de Cervantes, la sordera de Beethoven y la ceguera de Homero.

153

se interprete, como es natural y dando una lección a muchos; y, en fin, la Rana es Rana, el Camaleón Camaleón y, para concluir esta lista ya casi infinita, el Cerdo Cerdo, si bien con visos de poeta[128]. Ahora, contéstenme, ¿qué Selva es peor?[129]. El autor, ya conocido por su falsa ambigüedad de todo género y número, no lo dice discreto, pero el lector podrá alimentar libremente sus particulares sospechas sobre de qué lado está aquel, si sobre el de la Selva con mayúscula o sobre el de la selva con minúscula, para salir de algún modo de este laberinto, como el citado Dante cuando se despidió de Virgilio triste ante las puertas del Paraíso[130]. Por lo demás, en una selva o en otra nunca es desaconsejable la cautela.

Como hemos apuntado en alguna parte, puede decirse que, entre otros, en el reino de la Naturaleza hay de todo; pero es en el reino animal en donde se da con mayor abundancia*.

¿Qué queda por añadir? En estas épocas de incertidumbre cada quien es libre de dudar o creer, de sacar sus propias conclusiones o las ajenas. *Asinus asinum fricat***.

Tomado de *La Cultura en México,* Suplemento de *Siempre!,* Núm. 512, 1.º de diciembre de 1971, que a su vez lo reprodujo del Suplemento Literario de *El Heraldo de San Blas,* de San Blas, S. B., del 22 de agosto de 1971.

---

[128] *Con visos de poeta.* Alude a Horacio, quien se llamó a sí mismo «cerdo de la piara de Epicuro». Véase nota 98.

[129] *Qué selva es peor.* Vease *supra* la Nota del Autor.

[130] *Virgilio triste ante las puertas del Paraíso.* En la *Divina Comedia,* al salir del Purgatorio, Virgilio se despide de Dante por no estarle permitido entrar al Paraíso.

* A mayor abundamiento, ver en este volumen «Día Mundial del Animal Viviente», pág. 139.

** «El asno rasca el asno.»

Imaginación y destino

En la calurosa tarde de verano un hombre descansa acostado, viendo al cielo, bajo un árbol; una manzana cae sobre su cabeza; tiene imaginación, se va a su casa y escribe la *Oda a Eva*.

En la calurosa tarde de verano un hombre descansa acostado, viendo al cielo, bajo un árbol; una manzana cae sobre su cabeza; tiene imaginación, se va a su casa y establece la Ley de la Gravitación Universal.

En la calurosa tarde de verano un hombre descansa acostado, viendo al cielo, bajo un árbol; una manzana cae sobre su cabeza; tiene imaginación, observa que el árbol no es un manzano sino una encina y descubre, oculto entre las ramas, al muchacho travieso del pueblo que se entretiene arrojando manzanas a los señores que descansan bajo los árboles, viendo al cielo, en las calurosas tardes del verano.

El primero era, o se convierte entonces para siempre en el poeta sir James Calisher[131]; el segundo era, o se convierte entonces para siempre en el físico sir Isaac Newton; el tercero pudo ser o convertirse entonces para siempre en el novelista sir Arthur Conan Doyle; pero se convierte, o lo era ya irremediablemente desde niño, en el Jefe de Policía de San Blas, S. B.

---

[131] *Sir James Calisher*. Ni este autor ni la oda han podido ser localizados.

TERCERA PARTE

AFORISMOS
DICHOS
ETC.

Breve selección de aforismos, dichos famosos, refranes y apotegmas del doctor Eduardo Torres extraídos por don Juan Manuel Carrasquilla* de conversaciones, diarios, libros de notas, correspondencia y artículos publicados en el suplemento dominical de *El Heraldo de San Blas,* de San Blas, S. B.

Abeja que quiere miel
debe dejar el panal.

ABSTINENCIA

Sólo los abstemios piensan que beber es bueno.

Dicho en la cantina «El Fénix», s. f.

Al amigo que se aleja
ábrele pronto la puerta.

AMISTAD

Vale más un amigo cuando estás en la opulencia que tres cuando en la desgracia. En la opulencia conservas al amigo; en cambio, en la pobreza pierdes a los tres.

Dicho en la cantina «El Fénix» al cantinero A. R. Sosa.

---

* Estudioso.

AMOR

El amor es mientras todavía no lo es del todo.

Notesblock, lunes.

APLAUSO

Aun el aplauso del necio agrada al sabio.

Diario.

ARTE

Siempre es difícil hablar del arte. Pero tarde o temprano el escritor, el diletante o el simple artista se ven obligados a hacerlo, ya sea por una causa conocida o por cualquier otro motivo.

El Heraldo, «¿Debe el artista pertenecer a su tiempo o viceversa?».

ARTISTA (1)

El artista no crea, reúne; no inventa, recuerda; no retrata, transforma.

Conferencia «El arte considerado como un bello crimen».

ARTISTA (2)

El artista hace de la diversidad la unidad.

Ibíd.

BIOGRAFÍA

Al contrario de lo que acontece con la poesía, el género biográfico es por muchos conceptos el no menos difícil. Desde los días de Plutarco ningún biógrafo, ni siquiera Diógenes Laercio o nuestro Boswell[132], ha podido encontrar vidas tan paralelas como las del viejo maestro griego. El actual afán de desplazamiento constante, al mismo tiempo que la facilidad intrínseca de los transportes modernos, hace con demasiada frecuencia que hoy día las vidas de unos y otros, bien se trate de particulares o de simples personajes, no sólo se junten sino que incluso se crucen, cuando lo bonito de las paralelas es que no se encuentran jamás.

Carta a Edmundo Flores.

BREVEDAD DE LA VIDA

Si como se ha llegado a acortar las distancias se llegara a acortar el tiempo, se lograría hacer más corta la vida y recorrerla en menos años.

Conversación con Guillermo Haro, s. f.

CARNE Y ESPÍRITU

Es cierto, la carne es débil; pero no seamos hipócritas: el espíritu lo es mucho más.

Dicho en la cantina «El Fénix», noviembre, 1960.

CINE

La mejor prueba de que el cine no es un arte es que no tiene Musa.

Comunicación (por separado) a José de la Colina y Emilio García Riera.

---

[132] *Boswell*, James (1740-1795), hombre de letras, diarista y biógrafo escocés, autor de la *Vida de Samuel Johnson*. Fue hombre de gran ingenio y encanto. Torres lo llama «nuestro».

COMUNISMO

El comunismo no puede imperar. Si imperara dejaría de imperar el capitalismo, de la misma manera que éste hizo que dejara de imperar el feudalismo, y este último, como se sabe, el esclavismo, etapa de la Humanidad en que todos los hombres eran esclavos. Por otra parte, si bien en lo económico el comunismo tiene razón, en lo espiritual no deja de dar sus molestias, a pesar, o quizá por ello mismo, de que en este campo aquélla también lo asiste. El comunismo no puede imperar.

Escuchado y transmitido por H. J. Contreras, obrero metalúrgico.

CONTINENTE Y CONTENIDO

Puede decirse que África (el continente), que era antes el Continente Negro, es hoy un continente en erupción, el cual esperaba únicamente la chispa o la mecha con que se encendiera el polvorín (el contenido).

Mensaje a las Naciones Unidas.

CONTRADICCIÓN (PRINCIPIO DE)

Si no fuera por la contradicción los contrarios dejarían, por decirlo así, de existir, y dicho sea de paso, de contradecirse.

El Heraldo, Carta abierta a Víctor Flores Olea.

CONTRADICTIO IN ADJECTO

La Sinfonía Inconclusa es la obra más acabada de Schubert.

Nota a José Antonio Alcaraz.

CONVERSADOR PLANO

El que en una discusión cualquiera estaría dispuesto a dar la vida en defensa de una verdad ya universalmente aceptada.

El Heraldo: «Decadencia de la conversación.»

CRISTIANISMO E IGLESIA

Las ideas que Cristo nos legó son tan buenas que hubo necesidad de crear toda la organización de la Iglesia para combatirlas.

Carta a José Revueltas.

CRÍTICA

Cualquiera puede ver unas serpientes en lucha a muerte con un hombre; pero cuando Lessing se enfrentó *(horresco referens)* con aquel espectáculo horrible, su primera reacción no fue acudir en auxilio de Laocoonte[133], como hubiera hecho cualquier mortal, sino retirarse en orden a su casa y escribir una de las obras maestras de la crítica.

El Heraldo, «Luis Cardoza y Aragón subjetivo y objetivo».

Cuando un mal año termina
quizá otro peor se avecina.

DIARIO

Llevar un diario es un ejercicio y un placer espiritual que no practican ni gozan aquellos que no lo llevan. Apuntar

---

[133] *Lessing*, Gotthold Ephraim (1729-1781), dramaturgo y crítico alemán, autor de la obra de estética *Laocoonte, o Sobre los límites de la pintura y la poesía. El horresco referens* (latín: «Me estremezco al contarlo») son las palabras con las que Virgilio, en la *Eneida*, II, verso 204, se refiere a la muerte de Laocoonte y sus hijos. El legendario sacerdote troyano, habiendo ofendido a los dioses, fue estrangulado, junto con sus dos hijos, por dos enormes serpientes enviadas por Palas Atenea.

un pensamiento *is a joy forever*[134]. Cuando el pensamiento no vale la pena debe apuntarse en un diario especial de pensamientos que no valen la pena.

Envío a Elena Poniatowska.

DIOS (1)

Si Dios no existiera habría que inventarlo. Muy bien, ¿y si existiera?

El Heraldo, «Agnósticos de aldea».

DIOS (2)

Sólo los enemigos de Dios conocen a Dios.

El Heraldo, «Creer y no creer».

EDUCACIÓN SUPERIOR

Nuestra educación debe ser cada vez superior. En nuestro medio, el ideal sería aumentar a cinco los años de secundaria y suprimir la primaria.

Carta a Henrique González Casanova.

EL ARTISTA Y SU TIEMPO

¿Quién nos dice que esos bisontes de las Cuevas de Altamira no fueron pintados por hombres de su tiempo?

El Heraldo, «¿Debe el artista pertenecer a su tiempo o viceversa?».

---

[134] *Is a joy forever*. Inglés. Del verso de John Keats (1795-1821): *A thing of beauty is a joy forever*: Un objeto bello es una alegría perenne, *Endymion*, I.

ENANOS

Los enanos tienen una especie de sexto sentido que les permite reconocerse a primera vista.

Carta a José Durand.

Entre más lejos el gallo*
más improbable es el caldo.

ESCRITOR, ¿NACE, ES, O SE HACE?, EL

Digan lo que dijeren, el escritor nace, no se hace. Puede ser que finalmente algunos nunca mueran; pero desde la Antigüedad es raro encontrar alguno que no haya nacido.

El Heraldo, «Rubén Bonifaz Nuño y el Lacio».

ESTILO

Todo trabajo literario debe corregirse y reducirse siempre. *Nulla dies sine linea* [135]. Anula una línea cada día.

El Heraldo, «La fisiología del gusto literario» [136].

EXPLOSIÓN DEMOGRÁFICA

La mayoría de los países hispanoamericanos, por una razón o por otra, están llenos de niños, adultos y muertos. A medida que los primeros se van convirtiendo en adultos, empeoran; al contrario de lo que por lo común sucede entre nosotros con los segundos, que mejoran a medida que van convirtiéndose en los últimos.

Nota a Pablo González Casanova.

---

* Sinecdoque [137] por gallina.

[135] *Nulla dies sine linea.* Latín: Ni un día sin una línea. Frase proverbial atribuida al pintor Apeles. Se aplica de preferencia a los escritores.

[136] *Fisiología del gusto literario.* Referencia a la *Fisiología del gusto gastronómico* del francés Anthelme Brillat-Savarin (1755-1826).

[137] *Sinécdoque.* No se trata de una sinécdoque sino de una acomodación de género, en lugar de gallina, para lograr la asonancia ao, ao.

FONDO Y FORMA

No hay fondo sin forma ni forma sin fondo. Sólo cuando ambos desaparecen dejan de existir el fondo y la forma.

Carta a Salvador Elizondo[138].

FRAGMENTOS (1)

Un fragmento es a veces más pensamiento que todo un libro moderno. En su afán de síntesis, la Antigüedad llegó a cultivar mucho el fragmento. El autor antiguo que escribió los mejores fragmentos, ya fuera por disciplina o porque así lo había dispuesto, fue Heráclito. Es fama que todas las noches, antes de acostarse, escribía el correspondiente a esa noche. Algunos le salieron tan pequeños que se han perdido.

El Heraldo, «Nada se pierde».

FRAGMENTOS (2)

Los fragmentos, como hemos dicho en otra parte, han sido cultivados en todas las épocas; pero fue en la Antigüedad cuando más florecieron. En cualquier época, los mejores fragmentos se han dado, en Europa, en la arquitectura y en la escultura; por lo que se refiere a nuestras antiguas culturas autóctonas, en la cerámica.

Dicho en el taller de cerámica «La Rosita», de San Blas, S. B., e incorporado más tarde al artículo «Nada se pierde» (ver *supra*).

GENIO

De no ser por los genios la Humanidad carecería de las mejores obras de que hoy disfruta.

Carta a Manuel Quijano.

---

[138] *Salvador Elizondo.* Escritor y realizador cinematográfico mexicano, autor del libro de relatos *Narda o el verano.* Como poeta y narrador deriva del surrealismo.

GUERRA

Si no hubiera sido por la Segunda Guerra Mundial los aliados jamás hubieran soñado ganarla.

> *El Heraldo,* «La victoria no da derechos».

HERACLITANA

Cuando el río es lento y se cuenta con una buena bicicleta o caballo sí es posible bañarse dos (y hasta tres, de acuerdo con las necesidades higiénicas de cada quién) veces en el mismo río.

> Diario, leyendo a Carlos Illescas.

HISTORIA

La Historia no se detiene nunca. Día y noche su marcha es incesante. Querer detenerla sería como querer detener la Geografía. Entre ambas existe la misma relación que entre el Tiempo y el Espacio, que tampoco se detienen pase lo que pase.

> *El Heraldo,* «Nota a Peter Schultze-Kraft, autor de fábulas».

HISTORIA Y PREHISTORIA

Antes de la Historia puede decirse que todo era Prehistoria.

> *El Heraldo,* «Eduardo Césarman y la Entropía».

HOMOSEXUALISMO

Es un hecho cierto que fuera del homosexualismo la mayor parte de las personas se pierden muchos placeres que sería prolijo enumerar; pero también que se evitan muchas molestias.

El Heraldo, «Freud y el análisis de grupo».

HONOR

A todo señor todo honor.

Discurso en el Día del Cartero.

IDEAS

Parece ser destino de las mejores ideas caer en manos de los peores hombres.

Notesblock, s. f.

IMAGINACIÓN (1)

La imaginación es más fantástica que la realidad.

Diario.

IMAGINACIÓN (2)

Lograr con la imaginación la apariencia de realidad y con la realidad la apariencia de imaginación.

El Heraldo, «Sobre Carlos Rincón».

INSPIRACIÓN

Hay quienes sostienen que existe y quienes sostienen que no. Sin embargo, aunque hipócrita no siempre lo dice, la historia literaria sabe que todo escritor genial lleva escondido muy hondo un gran amor secreto que inspira la mejor y mayor parte de su obra, y que pierde su carácter de tal cuando es conocido por su esposa o, como sucede en la mayoría de los casos, únicamente por el público.

El Heraldo, «Colón, ¿inspirado o aventurero?».

INTELIGENCIA (1)

Como casi todas las cosas, la inteligencia se democratiza en tal forma que ha dejado de ser privilegio de las clases pobres.

El Heraldo, «La hora de todos» [139].

INTELIGENCIA (2)

La inteligencia comete tonterías que sólo la tontería puede corregir.

Dicho en la cantina «El Fénix», s. f.

JUICIO DE VALOR

Existe un falso concepto acerca de los falsos conceptos, toda vez que cuando un falso concepto deja de serlo se convierte por ello mismo en verdadero, demostrándose así la injusticia cometida por aquellos que lo tuvieron por falso y no sólo por concepto, ajeno a toda connotación moral o religiosa (falsa o no).

Carta a Luis Villoro.

JUSTICIA

Cuando la justicia y la razón estén de tu lado procura que pasen al lado de tu enemigo, que entonces sí podrá perseguirte con razón y justicia, y seguramente perderá.

El Heraldo, «Catalina Sierra y la Historia».

---

[139] La hora de todos, obra de Francisco de Quevedo (1580-1645).

LA CALUMNIA

No hay peor calumnia que la verdad, lo que no deja, como un vientecillo que crece, de ser calumnioso para la verdad.

El Heraldo, «Homenaje a Rossini».

*Las horas de la mañana
meditando y en la cama.*

LEY

Es dura.

Notesblock.

LIBRO

Poeta, no regales tu libro: destrúyelo tú mismo.

El Heraldo, «Carta a otro joven poeta» [140].

LUCHA DE CLASES

El Rico debe querer al Pobre y el Pobre debe querer al Rico porque si no todo es Odio.

Citado de E. M. Izquierdo, pensador guatemalteco de mediados del siglo XX, hoy olvidado.

MAGIA DE LOS ESPEJOS

Susto de poetas y recurso de críticos.

Carta a Luis Guillermo Piazza.

---

[140] *Carta a otro joven poeta.* Alude a las *Cartas a un joven poeta* de Rainer Maria Rilke.

MEDICINA

La Medicina no siempre cura; pero tarde o temprano la muerte es su fin lógico.

> *El Heraldo*, «La medicina y la longevidad vistas desde mi belvedere» [141].

MILAGRO (INCONVENIENTES DE UN POSIBLE)

Si por un milagro que está lejos de suceder los pobres se convirtieran de pronto en ricos en cualquier país, lógicamente los ricos pasarían *de jure* [142] a ser la mayoría, con el consiguiente peligro para los pobres que, una vez más, y como una fatalidad de la Historia, se descuidarían y quedarían tan indefensos como cuando eran la mayoría y, por tanto, en desventaja.

> *El Heraldo*, «Si la Lógica viniera a menos».

MUERTE

Tenía razón el epicúreo: la muerte no existe. Sólo los seres vivos la temen.

> Carta a José Luis Martínez [143].

MUERTE (LUCHA CONTRA LA)

Hasta hoy lo mejor contra la muerte es tratar de mantenerse vivo el mayor tiempo posible, siempre que no se haga un esfuerzo tan fuerte o prolongado que dé al traste con la idea original.

> *El Heraldo*, «Dos o tres textos de Juan Rulfo».

---

[141] *Belvedere*. Italiano: Mirador.

[142] *De jure*. Latín: De derecho. En realidad sería *De facto*: De hecho.

[143] *José Luis Martínez*. (1918-   ). Escritor y ensayista mexicano, investigador y crítico literario. Miembro de la Academia Mexicana de la Lengua.

MUJER

La mujer es el ser más maravilloso de la Creación; pero no deja de dar sus problemas. (Ver ilustración[144].)

Nota a Efraín Huerta.

---

[144] *Ilustración.* Esta ilustración, como la del artículo «Poesía» de maś adelante y las del «Día Mundial del Animal Viviente», son de Monterro-

La que mucho se perfuma
a sus amigas abruma.

NOSTALGIA

Está a la vuelta de la esquina.

El Heraldo, «Sobre Otto-Raúl González».

NUBE

La nube de verano es pasajera, así como las grandes pasiones son como nubes de verano, o de invierno, según el caso.

El Heraldo, «Francisco Giner de los Ríos entre nosotros».

ODIO

El amor lo justifica todo; el odio justifica el amor.

Diario.

PALANCA

No hay peor palanca[145] que la que no mueve nada.

El Heraldo, «Física política».

---

so, quien, a pesar de que se niega a ser considerado dibujante, accedió a publicar veintitrés dibujos suyos en su libro *La palabra mágica,* México, Era, 1983; Barcelona, Muchnik Editores, 1985.

[145] *Palanca.* En México, amigo influyente.

PASADO Y FUTURO

Anotar: «Nunca he podido estar conforme con las aberraciones del hiperboloide de De Sitter[146], pues, de acuerdo con Weyl[147], en la realidad el Universo no está exento de masa.»

Diario.

PASIÓN

Ver «Nube».

PESIMISMO

Cuando una puerta se abre, cien se cierran.

Diario.

PLAGIO

Una fatalidad. Todo lo detestable que se quiera, pero a veces debe aceptarse, pues a pesar del gran número de ideas que nos legó Platón, la Naturaleza es tan injusta que a muchos hombres (y mujeres) no les ha tocado ninguna idea y, así, tienen que acudir a las ajenas para transmitir sus ideas, generalmente espurias si no concuerdan con las de uno, si es que también a uno le tocó alguna.

El Heraldo, «Eduardo Lizalde y el tigre».

---

[146] *De Sitter,* Willem (1872-1934), matemático, astrónomo y cosmólogo holandés. Su concepto del universo difería del que Einstein visualizaba hasta aproximadamente 1930. Después, Einstein se convenció de la veracidad de las ideas de De Sitter y juntos escribieron un modelo cosmológico (basado en las ecuaciones de Einstein) en el cual el universo era descrito por una geometría euclideana (plana) en cinco dimensiones con el espacio tetradimensional curvo evolucionando en un hipertiempo (la quinta dimensión).

[147] *Weyl,* Herman (1885-1955), matemático alemán cuyas principales contribuciones tratan de la solución de problemas en física teórica, principalmente en mecánica cuántica (usando una teoría de grupos continuos para formalizar las simetrías en física atómica) y relatividad general (escribiendo el primer principio variacional para deducir las ecuaciones de Einstein).

PLATITUDES

Sé que mis enemigos dicen que soy un escritor plano; puede ser. Pero recuérdese este verso de Alonso de Ercilla (*Araucana*, Canto IV):

> *¡Cuán buena es la justicia y qué importante!*

El Heraldo, «Ernesto Mejía Sánchez y su obsesión por la "lucida poma"» [148].

POBREZA Y RIQUEZA

Entre la pobreza y la riqueza escoge siempre la primera: se obtiene con menos trabajo y el pobre será siempre más feliz que el rico, pues aquél nada teme y éste está continuamente enfermo por las preocupaciones que trae el no dormir pensando siempre en los pobres.

El Heraldo, «Breve lectura de Lord Keynes».

POESÍA

Nuestra poesía, como nuestro tenis y algunos aspectos de nuestro crecimiento demográfico, es ya afortunadamente una poesía madura (ver ilustración), de la que aún pueden esperarse magníficos partos, por dolorosos que éstos sean.

Carta a José Emilio Pacheco.

---

[148] *Lucida poma.* El mago Fitón muestra a Ercilla, en el canto XXIII de la segunda parte de *La araucana*, una poma milagrosa y una bola transparente («donde vi dentro un mundo fabricado tan grande como el nuestro»), en la que podían verse al mismo tiempo todas las cosas, pasadas, presentes y futuras. Mejía Sánchez trabajó sobre este tema en relación con el *aleph* de Borges.

PROPIO VALOR

Este artículo no tiene otro mérito que ser el mejor que se ha escrito sobre el tema.

El Heraldo, «Recado a Bernardo Giner de los Ríos».

PROTECCIÓN A LA POESÍA

Gracias al sistema de becar a los poetas, en nuestro país se han dado muchos de los mejores logros que el silencio haya obtenido jamás.

Carta a Carlos Monsiváis [149].

PÚBLICO

El público es siempre inferior al espectáculo.

El Heraldo, «El bastón de Carlitos como símbolo desenajenante según Otaola».

PUERTA

Unas veces se cierra; otras se abre.

El Heraldo, «El *Omnibus* de Gabriel Zaid» [150].

RELACIONES OBRERO-PATRONALES

El patrono muerto es menos feliz que el obrero vivo.

Diario (adaptación del Eclesiastés).

---

[149] *Carlos Monsiváis*. (1938-). Ensayista mexicano vinculado a la corriente del *new (journalism)*.
[150] *Gabriel Zaid*. (1934-). Escritor mexicano, poeta y ensayista. Entre su obra poética podemos destacar: *Práctica mortal* (1973) y *Cuestionario 1951-1972* (1976); entre sus ensayos: *Los demasiados libros* (1972), *El progreso improductivo* (1979).

RIDÍCULO

El hombre no se conforma con ser el animal más estúpido de la Creación; encima se permite el lujo de ser el único ridículo.

El Heraldo, «El humor y el humorismo».

SABER QUE NO SE SABE NADA

Sócrates dijo: «Sólo sé que no sé nada.» En la Antigüedad esto le valió la reputación de ser el filósofo más ignorante hasta nuestros días. Por eso, más listo, su discípulo Platón dejaba entrever apenas que él solamente lo había olvidado todo.

Carta a María Sten.

Si la raíz no se aprecia
mucho menos la hoja suelta.
Si te cierran una oreja
la que esté abierta aprovecha.

SUERTE

Ver «Puerta».

TRABAJO

Mientras en un país haya niños trabajando y adultos sin trabajo, la organización de ese país es una mierda.

Dicho en la cantina «El Fénix», 1.º de mayo.

UNIR ESFUERZOS

En San Blas muchos políticos esencialmente estúpidos o ladrones sólo esperan el momento de alcanzar el poder para combinar estas dos cualidades.

El Heraldo, «Todo consiste en llegar».

UNIVERSO

¡Pocas cosas como el Universo!

Notesblock (paseando por San Blas, 11 p. m.).

VIRGINIDAD (1)

Mientras más se usa menos se acaba.

El Heraldo, «Nuestros bienes no renovables».

VIRGINIDAD (2)

Hay que usarla antes de perderla.

El Heraldo, «El petróleo es nuestro».

CUARTA PARTE

COLABORACIONES ESPONTÁNEAS

El burro de San Blas
(pero siempre hay alguien más)

[SONETO]¹⁵¹

Aquí muy cerca, en San Blas   1
vive un burro por demás.
Todos piensan que es muy sabio
pero nada bueno sale de su labio.
Dicen que es de cerebro pronto   5
pero lo que escribe siempre es tonto.
Contra cualquiera arremete
metiéndose en lo que no le compete.
Critica a todos con maña
pero aquí ya a nadie engaña.   10
Antes que a otros criticar
sus defectos debería mirar.
Si el que lee esto se lo cree
es más tonto que él, puesto que lo lee.   14

---

¹⁵¹ *Soneto*. Obviamente no lo es.

Análisis de la composición
«El burro de San Blas
(pero siempre hay alguien más)»

por Alirio Gutiérrez*

Se me pide** que analice esta brevísima obra que durante mucho tiempo ha circulado secretamente, impresa en forma de octavillas, entre el público en general y no pocos especialistas de San Blas, cosa que intentaré en seguida por considerarlo de justicia.

Desde luego, debo empezar por decir que de ninguna manera aceptaré que se trate de un soneto, como en tipo menor se insinúa debajo del título. Es cierto que el hecho de contar con catorce versos acerca la mencionada composición a este género, pero también es bien sabido que aparte los ya famosos con estrambote [152] que (sin duda para rimar con *Quijote)* inmortalizó Cervantes, y el de trece versos [153] que en mala hora se le ocurrió a Rubén Darío, y digo en mala hora porque lo más seguro es que se le ocurriera muy

---

* Seudónimo cuidadosamente adoptado. En ningún registro civil o religioso de San Blas existe tal nombre sin su correspondiente segundo apellido.

** Se trata en realidad de una contribución espontánea de procedencia desconocida, que se recibió en Joaquín Mortiz poco antes de darse por concluida la preparación de este libro.

[152] *Estrambote.* Del italiano *strambotto,* conjunto de versos que por gracejo o bizarría suele añadirse al fin de una combinación métrica y especialmente del soneto (Acad.).

[153] *El de trece versos.* Famoso soneto de trece versos de Rubén Darío, en *Cantos de vida y esperanza.*

184

tarde por lo que esa noche no pudo terminarlo como era su deber; si bien sabido, decía, que los sonetos, aparte de los catorce versos reglamentarios deben tener más sílabas, ya sea once, si son normales, o catorce si son alejandrinos con sus correspondientes hemistiquios; y sobre todo diferente disposición de rimas de la que aquí se presenta, sin hablar de la apropiada distribución de los acentos, que pueden recaer ya en una sílaba ya en otra. Para mayor claridad pondremos en seguida el esquema de un soneto bien rimado[154] (suprimidas las primeras palabras de los versos a fin de evitar confusiones, pero que el lector puede suplir fácilmente con un lápiz):

_____ quererte,
_____ prometido,
_____ temido
_____ ofenderte.
_____ verte
_____ escarnecido;
_____ herido,
_____ muerte
_____ manera
_____ amara
_____ temiera.
_____ quiera;
_____ esperara,
_____ quisiera.

De manera que, analizado de este modo, «El burro de San Blas (pero siempre hay alguien más)» comienza por

_____

[154] *Un soneto bien rimado.* Se trata del «Soneto a Cristo crucificado», anónimo español (atribuido por igual, y sin fundamento real en ninguno de los casos, a Santa Teresa, fray Miguel de Guevara, San Francisco Javier, Lope de Vega, etc.), impreso por primera vez en 1628, que comienza:

No me mueve mi Dios para quererte
el cielo que me tienes prometido.

ser de una ambigüedad increíble (ambigüedad muy de la época actual, pues el lector de hoy no está dispuesto a aceptar así como así verdades de nadie; y que, como se verá más tarde, impregna uno tras otro los versos de la pequeña obra), toda vez que el público, no siempre atento a estas cosas, se enfrenta de primas a primeras con algo que se le ofrece pero que en realidad no se le da, sin que en su ignorancia pueda saber si esto ha sido así con intención o sin ella, o viceversa. Creemos, pues, que en cuanto a esta parte de la forma debemos contentarnos con señalar que en todo caso se trata de una forma estructural nueva en absoluto (por lo que habría que felicitar al anónimo autor), hasta ahora desconocida y todavía no clasificada, compuesta de catorce versos, en su mayoría octosilábicos, rimados y pareados de dos en dos, tipo gaita gallega[155]:

> *tanto bailé con el ama del cura*
> *tanto bailé que me dio calentura,*

pero en versos de ocho sílabas. Se ha dicho ya que algunos de esos versos sobrepasan esa medida, pero tal cosa no se le puede reprochar al autor en buena lid, puesto que al parecer más bien merece elogio por haber descubierto un nuevo género, lo que le da ciertos derechos sobre el mismo, aparte de que no siempre se inventa algo novedoso en San Blas (como no sea la calumnia), y de que estas imperfecciones pueden ser con toda seguridad un recurso adicional para ocultar más impunemente la mano maestra que las trazó.

Si la forma de cualquier obra es, por el simple hecho de tratarse de su parte material, vale decir de su estructura, fácilmente desmenuzable, como lo hemos demostrado, el contenido ya no lo es tanto, y aun muchas veces algo de éste

---

[155] *Gaita gallega (Versos de).* Se denominan así el eneasílabo y, más frecuentemente, el decasílabo, endecasílabo y dodecasílabo usados en la poesía popular gallega (muñeiras); se extiende la denominación a los versos castellanos de iguales medidas, cuando reproducen el esquema acentual gallego. (Fernando Lázaro Carreter, *Diccionario de términos filológicos*, Madrid, Gredos, 1973.)

queda tan oscuro que para desentrañarlo se necesita de la paciencia de un Job o de un arqueólogo (recuérdense las dificultades que en su tiempo presentó el poeta Persio, para no ir tan lejos). Desde luego, salta a la vista que en cuanto a contenidos se refiere, nos encontramos ante un epigrama, tan de moda ahora entre nosotros como antaño entre los antiguos. Y en verdad, ¿qué mejor que este género para señalar toda clase de vicios, personas y lugares? La naturaleza humana es siempre la misma; el hombre no cambia, al contrario de lo que los progresistas quieren hacernos creer que creen, y los errores que el hombre comete hoy son los mismos que los que cometió ayer (recordemos a Quevedo) y que los que cometió anteayer (no por casualidad hemos mencionado a Persio; y sin duda al lado de éste podríamos traer a cuento también a Juvenal y a Marcial si el espacio que nos hemos impuesto para este breve comentario no se nos fuera terminando implacablemente, poco a poco, como tantas otras cosas aquí y ahora), lo que hace que el epigrama[156] no pierda nunca vigencia y, muy por el contrario, sea un género o especie que estaba ahí como quien dice a la mano, y había que tener el genio para redescubrirlo y conferirle otra vez su papel de espejo en que la literatura se retrata a sí misma, se desnuda y no pocas veces se autodenigra en un intento de devolver a la palabra su significado concreto o más cercano a la cosa en sí[157], y aun trata de sustituir a ésta siempre que el que use esa palabra tome nota unos segundos antes y la despoje de supuestos sentidos metafóricos que ella en sí misma, pobre ser inconsciente, no tiene sino como carga acumulada a través del uso, o más bien del ab-uso que, como destino de todo abuso, acaba siempre en degeneración, más por cansancio, como en el caso de los metales comunes y corrien-

---

[156] *El epigrama.* Composición en verso generalmente satírica. Algunos poetas de habla española, como el nicaragüense Ernesto Cardenal, entre otros, lo han revivido en nuestra época.

[157] *Cosa en sí.* Lo que la cosa es, independientemente de su relación con el hombre, para el cual es un objeto de conocimiento empírico, un fenómeno. Ni la expresión ni la noción son propias y originales de Kant, como se cree comúnmente. (N. Abbagnano, *Diccionario de Filosofía.*)

tes, que por la búsqueda del metal por excelencia[158], vale decir el oro en toda su pureza. Y el epigrama es eso, el puro objeto verbal, despojado de cualquier contexto o aleación, la vuelta a lo auténtico, al lúcido pero inintencionado señalamiento de los defectos de un supuesto otro que no es otro que el yo del poeta autoescarnecido así hasta ese infinito en que la limitación no tiene límites y se abre al juego de espejos en que el sueño del otro refleja la realidad mejor que la realidad misma, y en que la realidad es el mejor reflejo del sueño del soñado que se sueña soñándose.

Volvamos ahora a nuestro texto. Concretamente, al título. ¿Qué hace el título sino lanzarnos desde el primer momento a la interminable cadena que forman los seres y las cosas?:

EL BURRO DE SAN BLAS
(PERO SIEMPRE HAY ALGUIEN MÁS)

Ese «pero siempre hay alguien más» indica que nunca falta alguien que nos gane en algo, que nada en este mundo tiene un tope o fin, que el más tonto de los hombres (pues no es otro el sentido del título) podrá a cualquier hora del día consolarse con el convencimiento de que por estúpido que sea o se sienta no faltará nunca (y aquí como contraproposición genial al famoso sabio de Calderón de la Barca[159], que siempre encontraba a alguien más sabio que él por pobre que fuera) otro más tonto que él. «Pero siempre hay alguien más.» La exégesis de la sorpresa final queda sujeta a la paciencia del lector.

Ahora permítaseme ser directo. Sé que si se me ha pedido* el análisis de esta pequeña obra maestra de nuestra literatura más o menos anónima o local para el libro que

---

[158] *Búsqueda del metal por excelencia.* Alusión al oro de los alquimistas.

[159] *Al famoso sabio de Calderón de la Barca.* Alude a una décima de Calderón de la Barca en *La vida es sueño,* Jornada Primera: «Cuentan de un sabio que un día / tan pobre y mísero estaba, / etc.»

* Ver nota anterior.

hoy se dedica a Eduardo Torres es porque previamente se acepta la existencia de una serie de supuestos, a saber:

a) que el objeto del epigrama es Eduardo Torres
b) que conozco al autor del epigrama
c) que el autor del epigrama soy yo
d) que el autor del epigrama es Eduardo Torres
e) que el objeto del epigrama soy yo.

Otra vez el juego de espejos. Cómo me regodeo pensando en las dudas del lector. Pero díganme, si quien escribe no se regodea con las dudas del lector, ¿con qué se regodea? ¿Con las propias? Absurdo.

En uno u otro de esos casos, *a*), *b*), *c*), *d*), o *e*), cualquier aclaración quedará para siempre en la oscuridad como sucede con el *Quijote* de Avellaneda[160], o para traer quizá algo más oportuno, con el asno de Buridán[161]. Si en un rapto de inexplicable sinceridad confieso que yo hice el epigrama, me delato, con lo que el efecto literario del anónimo perdería *ipso facto*[162] toda su gracia. Por el contrario, si en un momento de descuido afirmo que Eduardo Torres lo escribió, estaría infundiendo en el lector, no siempre desprevenido, la idea de que su autor es Eduardo Torres. No me abstengo, pero en la duda prefiero inclinarme por la hipótesis de trabajo consistente en que el epigrama podría ser de mano ajena, tanto a la suya como a la mía, si bien la sorpresa contenida en los dos versos finales es tan del estilo del profesor Torres y está tan dentro de sus juegos conceptuales, que no doy por descartada la posibilidad de que su autor sea él, con lo que en la historia de la literatura el profesor Torres quedaría como el único epigra-

---

[160] *Quijote* de Avellaneda. Alude al *Quijote* apócrifo del supuesto Alonso Fernández de Avellaneda, publicado en 1614 como la Segunda Parte del de Cervantes. (En «De atribuciones», incluido en *Movimiento perpetuo*, Monterroso aventura que el autor puede ser el mismo Cervantes.)

[161] *Asno de Buridán*. A Juan Buridán (siglo XIV), lógico, rector de la Universidad de París, discípulo de Occam, se le atribuye el ejemplo del asno que colocado a igual distancia de dos montones de heno, moriría de hambre antes de decidirse a comerse uno u otro.

[162] *Ipso facto*. Latín: en el acto, inmediatamente.

189

mista entregado a la tarea de autodenigrarse. Entiéndaseme bien: a autodenigrarse anónimamente, pues ya hemos visto que otros lo hacen, pero estampando su firma antes o después del epigrama, lo que es menos severo, toda vez que en esa forma cuentan con el reconocimiento de la posteridad, tipo Catulo.

Antes de aceptar o refutar los puntos a), b), c), d) y e), analizaremos el texto en sus partes constitutivas (catorce), con la esperanza de que este mismo esfuerzo arroje alguna luz sobre dichos puntos.

El Verso *uno*, desde luego, es mentiroso: «Aquí muy cerca en San Blas.» No existe ningún lugar cercano a San Blas en que se pueda publicar un soneto en forma de octavillas, por la absoluta falta de imprentas en nuestros alrededores. Situar al autor como no vecino de San Blas tiene por fin, sin duda, distraer de una vez por todas la atención del lector, aunque se deje a la perspicacia de éste percibir el guiño malicioso para que advierta desde el primer momento la intención satírica de la obra.

Verso *dos:* «Vive un burro por demás», o sea que en este lugar vive alguien en extremo ignorante o falto de luces.
Y, sin embargo, en el

Verso *tres:* «Todos piensan que es muy sabio», el esguince casi brutal aturde al lector con su brusco movimiento, brusquedad que será rápida y convenientemente atenuada con la suave melodía del

Verso *cuatro:* «Pero nada bueno sale de su labio.»

Verso *cinco:* «Dicen que es de cerebro pronto.» Se habrá notado que desde los dos versos anteriores, cuya candidez hay que poner en duda, hasta el decimosegundo, el autor anónimo dispara como a mansalva una rapidísima e incontenible serie de proposiciones y contraproposiciones que una vez más sacuden la mente del lector, quien por momentos no acierta a comprender en dónde se encuentra, ofuscado por los continuos cambios, que se acentúan en mayor medida con la deliberada repetición del «pero», conjunción disyuntiva que bien hubiera podido, en un falso alarde de riqueza léxica, ser sustituida por lo menos dos veces, una por un fácil «mas» y otra por un vulgar pero no menos efectivo «sin embargo».

Verso *seis:* «Pero lo que escribe siempre es tonto.» De esta insinuación de que el burro escribe se ha querido deducir que el objeto de la sátira es el profesor Torres; pero entre nosotros tanta gente escribe (o *cree* que escribe) que bien podría ser cualquiera de los vecinos de San Blas sin tener que ir a buscarlo a los alrededores. No, señores; la cosa no es por ahí.

Pero basta con pasar al

Verso *siete:* «Contra cualquiera arremete.» Aquí es donde duele, y en donde sí puede florecer la sospecha de que se trata en efecto del personaje aludido, pues es bien conocida la natural propensión del Dr. Torres a atacar a la menor provocación, con razón o sin ella, por simple prurito o en defensa de los más altos valores, a cuanto mal bicho se mueve en San Blas, lo que, como se sabe, le ha granjeado tanto la antipatía como la simpatía casi unánime de la mayoría de los samblasenses, poco amigos de ser criticados (pero amigos, claro, de ver criticados a otros), ya sea en sus costumbres o en sus obras. De ahí el contraataque del (mal medido, si se quiere, pero oportunísimo)

Verso *ocho:* «Metiéndose en lo que no le compete.»

Verso *nueve:* «Critica a todos con maña.» Como se ve, el autor de la sátira está dispuesto a aceptar la crítica sana y constructiva; lo que no tolera es que la crítica sea mañosa, amañada, proditoria o procaz, lo cual, por otra parte, en el pecado lleva la penitencia, pues según el

Verso *diez:* «Pero aquí ya a nadie engaña», esa crítica constante, gratuita, justa o injusta, ha perdido toda su ponzoña y los ciudadanos se han inmunizado contra ella cubriéndose con el manto de su habitual indiferencia. Es quizá precisamente por ellos por quienes habla el poeta anónimo en los justísimos pareados contenidos en el

Verso *once:* «Antes que a otros criticar» y en el inmediato

Verso *doce:* «Sus defectos debería mirar», tan contundentes en su obvio contenido.

Es ya una verdad aceptada que todo principio tiene, más lejos o más cerca, el fin que le corresponde. Así, llegamos al punto en que la obra culmina, en que la explosión de perplejidad y asombro se torna incontenible, pues cuando el lector se ha regodeado a sus anchas y soltado la risa complacido (como todo ser humano de baja condición), con el escarnio que se pretende hacer de figura tan respetable (aun con todos sus defectos, pues, ¿qué ser humano no los tiene igual que él en grado superlativo?) como lo es el profesor Torres, se encuentra con la súbita sorpresa de que la sátira está dirigida contra el lector mismo, quien ha sido llevado como de la mano para ser expuesto de súbito ante este espejo, y a quien, después de la primera risa, por convulsa que ésta sea, se le caerá la cara de vergüenza, si alguna tiene, por su mezquina actitud:

Versos *trece* y *catorce:*

«Si el que lee esto se lo cree
es más tonto que él, puesto que lo lee.»

Hemos examinado ya varios aspectos de esta obrita hoy clásica en San Blas. Y sin embargo, persiste la duda, aunque ahora contemos con algunos fundamentos para aventurar la respuesta a los famosos cinco puntos:

a) En efecto, el epigrama parecería estar falsamente dirigido contra Eduardo Torres;

b) Quizá yo podría conocer o no al verdadero o falso autor del epigrama, aunque de ello no se haya hablado en el curso de este trabajo, tal vez por modestia o por considerarlo inoportuno;

c) El autor del epigrama podría no ser yo, por mi natural respeto a las ideas y porque en el fondo me sentiría incapaz de alcanzar tales alturas, o acaso también por modestia mal entendida;

d) Dada la maestría de la obra y el ingeniosísimo recurso final consistente en enfrentar al lector con su propia figura, recurso caro al profesor Torres y que lo ha hecho famoso, el epigrama bien pudiera haber sido escrito por él, mediante una pretendida autodenigración durante los doce primeros versos y un contraataque genial en los dos últimos;

e) Que el objeto del epigrama soy yo queda automáticamente descartado en los incisos *a*), *b*), *c*), y *d*) precedentes.

Y es así como cumplo, cálamo ocurrente [163], con el honroso encargo que se me hizo* de analizar esta joya de nuestras letras.

---

[163] *Cálamo ocurrente.* Juego de palabras con *calamo currente*, latín: Al correr de la pluma.

* Ver nota anterior.

Addendum

Punto final

por Eduardo Torres

Por fin parece que ahora sí verá la luz pública la recopilación de escritos y otros aspectos de mi vida que durante tanto tiempo ha venido anunciando su autor.

La editorial Joaquín Mortiz consideró oportuno, gracias a las sutilezas éticas de su director, el señor Joaquín Díez-Canedo[164], someter a mi juicio las pruebas finales del libro y pedirme la autorización correspondiente para su publicación, quizá, como es de suponer, para evitarse en el futuro acciones judiciales o cosas por el estilo.

Pues bien, aparte de dos o tres puntos que diré en seguida, la verdad es que en cuanto a la edición no tengo nada que objetar. Hay errores, frases mal trancriptas, incluso algunas que adquieren un sentido contrario al que yo quise darles, y una que otra alusión a cuestiones de política local que me hubiera gustado evitar. Pero pocos hombres públicos están libres de esto.

En cuanto al autor, sé, pues lo conozco desde hace años, que goza de cierta fama de burlón que (y perdónenme) no acaba de gustarme. Al trabar conocimiento con él, cuando me pidió permiso para reproducir en la *Revista de la Universidad de México* la nota sobre el *Quijote* que aquí aparece, al principio yo se lo negué, pues me daba cuenta de su carencia de método, aparte de que se trataba de un fragmento de tesis de posgrado que yo había concebido varios años antes y que finalmente se publicó en San Blas y en el momento oportuno. Sin embargo, movido por sus razones,

---

[164] *Joaquín Díez Canedo*, editor mexicano, director de la editorial Joaquín Mortiz, de México, que publicó por primera vez este libro en 1978.

en su mayoría humanitarias, por último cedí, y ahí queda, como puede ver el lector, suscitando polémicas que en mi ánimo yo estaba bastante lejos de buscar. El trabajo sobre Góngora... bueno, de ninguna manera es mi intención contar la historia de cada uno de estos simples acercamientos a temas ya mucho mejor abordados por otros sabios o hispanistas.

Los testimonios de amigos y familiares, a veces ligeramente amañados o faltos de discreción, prefiero no comentarlos, pues, por más que algunos lo habrán de sospechar en el futuro, mi mano no pasó nunca por ellos, excepto cuando una que otra coma mal puesta así lo requirió.

Y, ya que se me brinda la presente oportunidad, única en la historia de esta clase de obras, dos palabras finales para añadir algo personal. Y ello es que en el momento en que leo todo esto pienso si mi vida y San Blas y mis familiares y mis amigos y enemigos no habrán sido otra cosa que una especie de sueño, del que apenas quedan estas migajas. Al releerme, en ocasiones me detengo, miro a un lado y a otro, e imagino si yo habré escrito lo aquí escogido, o pensado en realidad lo que algún día dije o se dice que dije.

Pero sueño o no, Próspero y Hamlet[165] de la mano en el epígrafe de estas páginas, epígrafe llamado sin duda a confundir, y no por mi cuenta, desde el primer momento a quien de buena fe quiera internarse en lo que a mí concierne, no haya temor: al fin y al cabo, más tarde o más temprano, todo irá a dar al bote de la basura. Si de esa basura alguien fabrica algún día unas cuantas nuevas hojas de papel, confío en que la próxima vez ese papel sea usado en algo menos ambiguo, menos falsamente magnánimo, y menos fútil.

---

[165] *Próspero y Hamlet*, protagonistas de las obras de Shakespeare *La tempestad* y *Hamlet*, confundidos en el epígrafe de la obra. Véase la nota 1.

Índice de nombres

---

[166] *Índice de nombres.* Índice un tanto innecesario, pero dentro de los procedimientos de Monterroso, que añadió uno a su libro de fábulas *La Oveja negra y demás fábulas* (México, 1969).

Bibliografía [167]

AULO GELIO, *Noches áticas.*
BACON FRANCIS, *Novum Organum.*
BERGSON, HENRI, *La evolución creadora.*
BOSWELL, JAMES, *La vida de Samuel Johnson.*
BRILLAT-SAVARIN, ANTELMO, *Fisiología del gusto.*
BURTON, ROBERT, *Anatomía de la melancolía.*
CERVANTES, MIGUEL DE, *Los trabajos de Persiles y Sigismunda.*
COMTE, AUGUSTO, *Filosofía positiva.*
CHESTERFIELD, LORD, *Cartas a su hijo Philip Stanhope.*
DARWIN, CH., *El origen de las especies.*
DIÓGENES LAERCIO, *Vida de los filósofos más ilustres.*
ECKERMAN, J. P., *Conversaciones con Goethe.*
FLORO, LUCIO ANNEO, *Gesta Romanorum.*
FRAZER, JAMES GEORGE, *La rama dorada.*
GIBBON, EDWARD, *Historia de la decadencia y caída del Imperio Romano.*
GOETHE, J. W., *Poesía y verdad.*
HOBBES, TOMÁS, *Leviatán.*
LÉVI-STRAUSS, CLAUDE, *El origen de las maneras de mesa.*
MAQUIAVELO, NICOLÁS, *El príncipe.*
MARCO AURELIO, *Meditaciones.*
MONTAIGNE, M. de, *Ensayos.*
MORO, TOMÁS, *Utopía.*
PEPYS, SAMUEL, *Diario.*
PLINIO, *Historia natural.*
PLUTARCO, *Vidas paralelas.*
QUINTILIANO, MARCO FABIO, *Instituciones oratorias.*
ROLLAND, ROMAIN, *Vida de Beethoven.*
ROUSSEAU, J.-J., *Emilio, Confesiones.*
SANTAYANA, JORGE, *Los reinos del ser.*
SANTO TOMÁS, *Suma teológica.*
SÉNECA, LUCIO ANNEO, *Tratados filosóficos.*
SPINOZA, BARUCH, *Ética.*
TITO LIVIO, *Historia de Roma.*
TORRES, LUIS JERÓNIMO, *San Blas, S. B., y sus alrededores.*

---

[167] *Bibliografía.* Alusión a las «bibliografías» excesivamente abultadas con que algunos autores apoyan sus obras del género satirizado en *Lo demás es silencio.*

Abreviaturas usadas en este libro [108]

afmo., afectísimo
atto., atento
Dr., doctor
etc., etcétera
Ibíd., *ibídem*
IBM, International Business Machines
Lic., licenciado
m., meridiano
n., nota
No., número
Núm., número
p., página
p. m., pasado meridiano
s. s., seguro servidor
s. f., sin fecha
Sra., señora
Vol., volumen
1o., primero
2a., segunda

---

[168] Abreviaturas usadas en este libro. *Ídem.*

Índice general[169]

1. Lecturas, 77. 2. Vagas insinuaciones de algo conocido, 80. 3. Felicia, 81. 4. Móviles ocultos, 82.
5. Tareas culturales, 84. 6. Un encargo, 85.
7. Imaginaciones, 86. 8. La soledad, 87. 9. Necesidades imperiosas, 88. 10. Terremoto invisible, 89,
11. Recuerdos, 90. 12. Fiestas y golpes, 91. 13. Curiosidad y temblor, 92. 14. Comienza una nueva

---

[169] Índice general. *Ídem.*

vida, 92. 15. La mente inquieta, 94. 16. Cartas, 95.
17. El perdón de Dios, 97. 18. La ingratitud humana, 98. 19. Obsesiones, 98. 20. La tábula rasa.
Luego, las tres cosas que rigen el mundo, 99.
21. Problemas de la comunicación (I), 100.
22. Amor carnal y amor platónico, 100. 23. Problemas de la comunicación (II), 101. 24. Problemas de la comunicación (III), 101. Epílogo, 102.

Abstinencia, 159. Amistad, 159. Amor, 160. Aplauso, 160. Arte, 160. Artista (1), 160. Artista (2), 160.
Biografía, 160. Brevedad de la vida, 161. Carne y
espíritu, 161. Cine, 161. Comunismo, 162. Continente y contenido, 162. Contradicción (principio
de), 162. Contradictio in adjecto, 162. Conversador
plano, 163. Cristianismo e iglesia, 163. Crítica, 163.

Cuarta parte: Colaboraciones espontáneas

Addendum